8° S
5018

I0667929

SYNONYMIE PROVENÇALE

DES

CHAMPIGNONS DE VAUCLUSE

PAR

J.-M.-F. RÉGUIS

Membre fondateur de la Société Mycologique de France

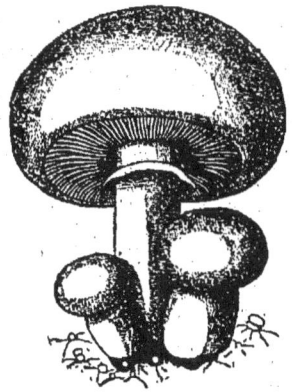

MARSEILLE

Librairie Bérard, rue Noailles, 22.

1886

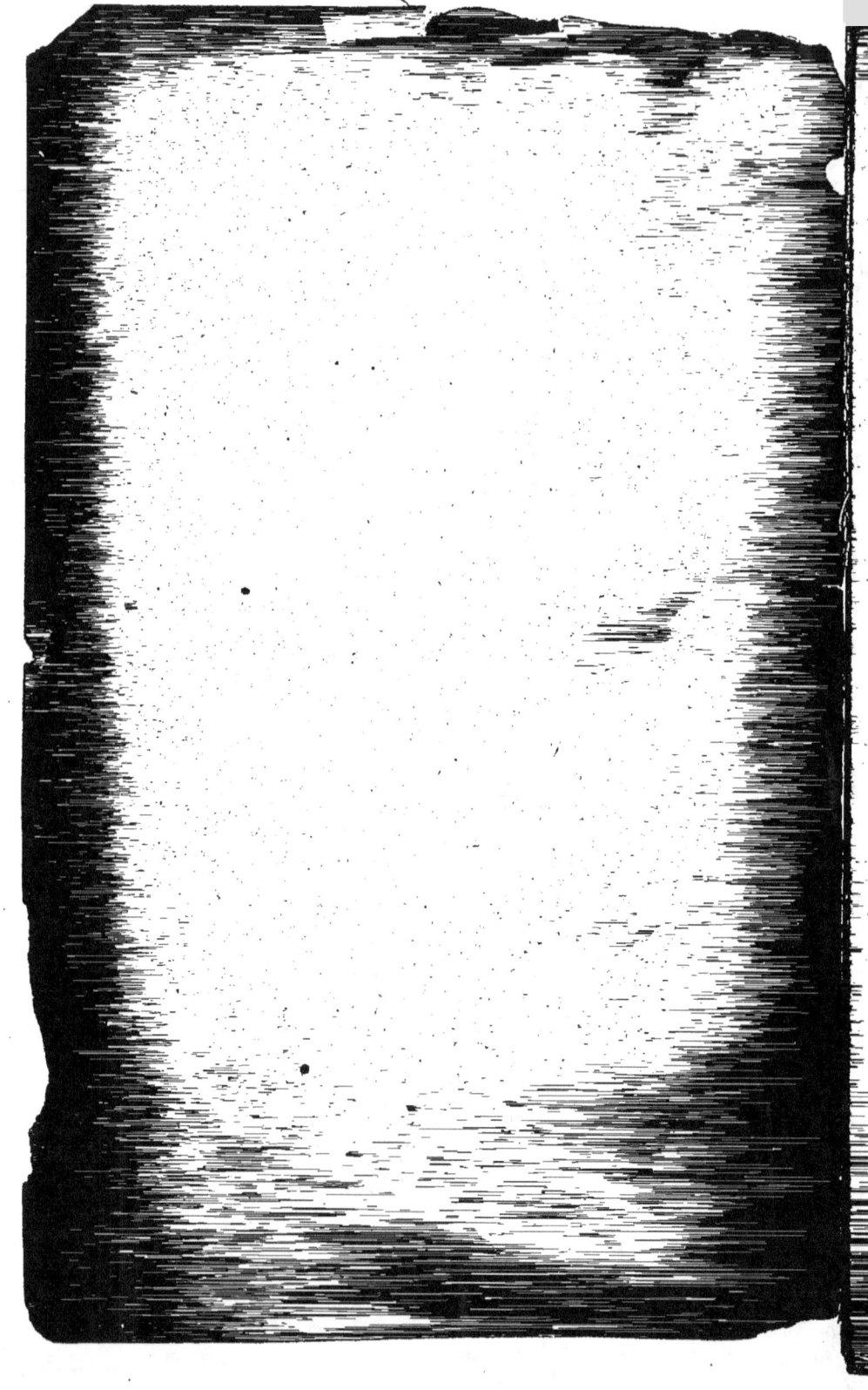

SYNONYMIE PROVENÇALE

DES

CHAMPIGNONS DE VAUCLUSE

5018

Du même Auteur

MÉMOIRE sur l'exercice simultané de la médecine et de la pharmacie, dans les grandes et les petites villes ; ses inconvénients et ses avantages pour les malades et le médecin. (Mention honorable du Comité médical des Bouches-du-Rhône. 29 avril 1876.)

NOMENCLATURE Franco-Provençale des plantes qui croissent spontanément dans notre région ou qui y sont l'objet de grandes cultures. Paris, 1877, in-8° de 186 pages.

ESSAI sur l'Histoire naturelle des Poissons de la Provence et des départements circonvoisins. 1ᵉʳ fascicule (Plagiostomes et Granoïdes). Paris, 1877, in-4° de 84 pages.

NOTE sur les Mammifères de la Provence. Marseille, 1880, in-8°.

ESSAI sur les vertébrés anallantoïdiens de la Provence et des départements limitrophes. Paris, 1882, in-8° de 450 pages avec figures dans le texte (médailles d'argent, Draguignan, 1882, Société de Statistique de Marseille, 1885.)

MÉMOIRES sur les Rongeurs de la Provence. 1ᵉʳ prix de Zoologie, Digne, 1883.

Des Animaux venimeux de la Provence.

En préparation

Les Champignons de Provence.

Des larves qui vivent dans les Champignons.

Synonymie Provençale des Champignons des Basses-Alpes, des Bouches-du-Rhône, du Var et des Alpes-Maritimes.

SYNONYMIE PROVENÇALE

DES

CHAMPIGNONS DE VAUCLUSE

PAR

J.-M.-F. RÉGUIS

Membre fondateur de la Société Mycologique de France

MARSEILLE

Librairie Bérard, rue Noailles, 22.

1886.

A

Monsieur le Dr Louis PLANCHON,

Licencié ès-sciences naturelles,

PRÉPARATEUR D'HISTOIRE NATURELLE A LA FACULTÉ DE
MÉDECINE DE MONTPELLIER

Vous avez puissamment contribué à la vulgarisation, en publiant votre remarquable travail sur les Champignons comestibles et vénéneux de la région de Montpellier et des Cévennes. *De telle sorte qu'à partir de ce jour votre nom, déjà estimé, est lié d'une façon inséparable à toute étude sur les Champignons du midi de la France. Je suis personnellement très heureux que les circonstances me permettent d'être le premier à faire ce rapprochement. Je n'ai qu'un seul regret, celui de n'avoir qu'une notice bien imparfaite à vous offrir. Telle qu'elle est, acceptez-la favorablement et veuillez ne considérer en elle, non pas le résultat atteint, mais le but poursuivi.*

Agréez l'expression de mes sentiments affectueux et distingués.

Réguis.

Allauch, le 1er Janvier 1886.

AVANT-PROPOS

—◦◦◦◦◦◦—

Enumeravi, examinent alii, inquirant, concilient.

GILIBERT, *Meth. graminum.*

Il est une pierre d'achoppement qui se présente fatalement à tout disciple de Linné : je veux parler de la synonymie. Les différentes dénominations qui servent à désigner le même être, animal ou plante, dans des communes fort rapprochées, est sans contredit une des causes qui retardent le plus la vulgarisation des sciences naturelles. En effet, peut-il en être autrement quand une plante, par exemple, porte jusqu'à cinq ou six noms. Ainsi l'hippophae rhamnoïdes s'appelle tour à tour *aigo-spouncho, arnavéu d'en Durenço, rebaudin, aigo-pounicho, caquié, aigo-spouscho,* etc. D'autres fois, la même dénomination provençale désigne plusieurs plantes fort dissemblables. Ainsi par *arnavéu,* l'un entend le *Paliurus acuelatus,* l'autre, le *Berberis vulgaris,* un troisième le *Lycium Europæum,* etc. Or, si un même nom correspond à des êtres différents, la confusion ne tarde pas à s'introduire dans la science ; du langage elle passe dans les idées ; la forme vicie le fond.

Plus que personne j'ai eu à souffrir de cette confusion, alors, qu'encore enfant, manquant de livres et de maîtres, je hasardais mes pas chancelants dans ce dédale à nul autre pareil et qui a nom : synonymie provençale.

Aussi, je me suis appliqué depuis long-temps à recueillir des noms provençaux ayant trait aux trois règnes de la nature. Aujour-d'hui, j'ai en mains de vastes matériaux pour un dictionnaire Franco-Provençal d'histoire naturelle.

Mais, à la veille de publier mon travail, un doute est venu m'assaillir ; n'aurais-je pas omis beaucoup de dénominations ; car, bien qu'ayant parcouru la plus grande partie de la Provence, recueillant partout des renseigne-ments, et me faisant montrer, autant qu'il est possible, les êtres auxquels on donnait tel ou tel nom, je n'ai pourtant pas la prétention d'avoir tout vu, tout connu, tout recueilli.

Une étude locale, quelque restreintes que soient ses limites, est comme tout travail hu-main, nécessairement imparfaite. Le progrès vers la perfection est à la fois l'œuvre du

temps, du travail et de l'observation attentive.

Afin de pouvoir combler le plus de lacunes,
j'ai cru devoir publier aujourd'hui ce qui a
trait aux champignons dans le département
de Vaucluse, afin que, passant sous les yeux
du lecteur, il puisse m'aider. Par ce moyen, il
sera facile à tous ceux qui s'intéressent aux
sciences naturelles de me signaler les noms
provençaux échappés à mes investigations,
afin qu'il me soit permis de les intercaler dans
le Dictionnaire. Inutile de dire que le *suum
cuique tribuito* sera toujours respecté, car je
me ferai un devoir de citer les personnes qui
me feront parvenir de nouveaux renseigne-
ments.

GÉNÉRALITÉS

Tous les végétaux, ceux qui ornent la terre que nous habitons, ceux qui fournissent à notre nourriture ou à celle des animaux herbivores, comme ceux dont les produits viennent enrichir notre industrie, se divisent tout naturellement en deux groupes.

Dans l'un il y a une fleur qui, bien souvent charme notre vue ou impressionne agréablement notre odorat ; elle est essentiellement formée par les étamines et le pistil, organes chargés de reproduire l'espèce dans le temps et dans l'espace. Ce sont là des phanérogames, mot qui signifie à fleur évidente.

L'autre groupe renferme des plantes qui manquent de fleur. On les désignes sous le nom de cryptogames ou à noces cachées, comme le disait Linné dans son langage imagé et leur fécondation, quoique parfaitement connue pour bien des termes de ce groupe, ne laisse pas que d'être encore entourée d'un voile épais pour d'autres termes.

Ces cryptogames se subdivisent à leur tour en deux séries. L'une ne contient dans ses éléments constitutifs que de simples cellules, elle occupe le bas de l'échelle, et les végétaux qui la forment sont désignés sous le nom de cellulaires. Ce sont les Algues, les Champignons, les Lichens, les Mousses et les Hépatiques.

L'autre série est plus évoluée ; ses éléments cellu-

laires ont déjà subi des modifications importantes,
modifications que nous verrons exister à leur apogée
dans les phanérogames ; des vaisseaux et des fibres,
dérivés des cellules, se sont montrés et la plante est devenue vasculaire, puis fibro-vasculaire. Telles sont les
Characées *(l'erbo di fràuco)*, les Equisétacées *(li cau-
sàudo)*, les Fougères *(l'erbo dourado)*, Lycopodiacées
et les Rhizocarpées.

Les Champignons dont je veux seulement esquisser
les principaux traits, diffèrent de tous les autres végétaux par un caratère important ; ils manquent de chlorophylle — matière verte qui donne aux plantes leur
couleur propre et leur permet de décomposer l'acide carbonique de l'atmosphère et du sol — et par cela même
ils sont privés des moyens de former les substances né-
cessaires à leur vie à l'aide des matériaux organiques
fournis par leur substratum ou par le milieu ambiant.
De là découle aussi pour eux le régime parasitaire ; car
ne pouvant créer directement ces matières premières
destinées à leur nutrition, ils les emprunteront toutes
formées à d'autres organismes. Et comme la chlorophylle
ne fonctionne bien qu'à la lumière directe, les champignons, étant privés de cette substance, se contenteront
d'une lumière diffuse et même souvent de l'obscurité
complète. D'où, il ne faudrait pourtant point conclure
que cette situation, exceptionnelle pour une plante, soit
la meilleure pour eux à toutes les phases de leur évolu-
tion, car l'observation semble démontrer que les champignons qui croissent dans les endroits très obscurs sont
généralement difformes et monstrueux.

Ce sont en effet des rudes parasites que les champignons ; rien ne leur est sacré, rien qu'ils n'attaquent :
matières organiques en décomposition, matière vivante

tout leur est bon, tout leur sert de milieu. Ils pullulent
à l'extérieur de notre corps comme dans son intérieur.
On les trouve partout, cherchant comme le loup de la
fable quelque chose à dévorer. Ils envahissent nos maisons, nos livres, les tentures de nos appartements, nos
fruits en réserve, l'anchois dans la saumure, nos habil-
lements, les écailles des poissons de nos viviers, le
corps des insectes, les sabots de nos chevaux, les soies
des sangliers, nos produits médicamenteux, la charpie
à pansement, la chair de l'homme même. Ce n'est pas
tout, ils poursuivent leur victime jusque dans le cercueil,
ils le poursuivent sur la statue destinée à perpétuer
son image et là, ils narguent celui qui s'intitule pom-
peusement le roi de la création. Certains d'entre eux
poussent encore plus loin leur crime de lèse-société ; ils
s'établissent en parasites sur d'autres champignons.

Et ce ne sont pas les plus robustes qui sont les plus
redoutables, bien que quelques-uns contiennent un poi-
son subtil. Ce sont les pygmées, les formes minuscules
qui sont surtout à craindre ; beaucoup de nos maladies
et une foule de faits empruntés à la vie pratique sont
là pour attester la puissance de ces êtres infimes.

C'est un de ces petits champignons qui a détruit, au
commencement de ce siècle, le *Foudroyant*, vaisseau
de 80 canons de la marine française, et la frégate
Reine-Charlotte, de la marine anglaise. Ces masses de
bois et de fer avaient bravé maintes fois boulets et mi-
trailles, un infiniment petit, une quantité négligeable a
suffi pour les anéantir. Eternelle lutte du lion et du
moucheron !

Voici un ouvrier, il est vannier-cannissier, il paraît
vigoureux, il présente toutes les attributions d'une
bonne santé, il manie des Cannes de Provence qui

doivent servir à faire des lambris. Ces roseaux ont été exposés à l'humidité, ils sont couverts de moisissures qui pendant les manipulations donnent naissance à des poussières qui vont irriter la peau et les muqueuses. Et le soir, cet homme se déchirera, tant seront grandes ses démangeaisons : cela sera l'œuvre d'un champignon.

Nos champs sont couverts de céréales, nos vignes sont chargées de grappes, nos arbres ploient sous les fruits, nos melonnières promettent beaucoup, tout fait espérer une ample moisson, une abondante vendange, une bonne récolte. Mais bientôt sans que le cultivateur sache à quoi attribuer un pareil désastre, la scène change et il ne reste presque rien là où il voyait une récolte rémunératrice. C'est encore l'œuvre d'un champignon qui a produit la rouille, le charbon, la carie, l'ergot, le noir, le pourridié, le blanc, etc.

Un espoir lui reste, il a beaucoup de mûriers, il élèvera donc des vers-à-soie pour se dédommager. Mais la mâle chance le poursuit ; ses vers-à-soie dépérissent, ils deviennent malades, ils sont atteints d'un mal mystérieux qui déroute sa sagacité. ils ont la muscardine, encore un exploit des champignons.

Il a un cellier bien garni, il espère pouvoir y trouver des ressources qui lui permettront de lutter et d'attendre des jours meilleurs. Il met une pièce en perce, il en retire un échantillon, il le goûte, horreur ! Sa dernière ressource lui échappe, son vin est acide ou il porte des traces trop manifestes de la pousse, de la graisse ou de l'amertume. Il n'a pas eu la précaution de le chauffer pour détruire les germes, et mille protées sont venus l'envahir. Toujours les champignons.

Mais heureusement à côté des désastres causés il y a les services rendus et certes les champignons nous sont utiles sous bien des rapports.

Les uns tels que l'Oronge, le Lactaire délicieux, le
Bolet édule, la Chanterelle, le Champignon de couche,
les Truffes, pour ne citer que les plus connus, viennent
flatter agréablement notre palais et nous offrir des ressources alimentaires considérables, soit comme aliment,
soit comme condiment. C'est qu'en effet ces singulières
plantes qui vivent à la façon des animaux, partagent
avec eux la propriété de faire des tissus azotés ; en
d'autres termes, ils font de la viande végétale. C'est dire
combien ils sont nourrissants et de quels secours ils
pourraient être pour la classe pauvre si, mieux connus,
ils pouvaient entrer pour une plus large part dans son
alimentation. La viande est chère, dit judicieusement le
docteur Bertillon, beaucoup de ruraux en sont privés ;
et pourtant voilà une viande végétale, que fournit un
gibier sans pattes et que l'ignorance des espèces salu-
bres et des espèces nuisibles laisse pourrir dans nos
plaines et dans nos bois.

D'autres champignons servent à l'industrie en lui pro-
curant des couleurs diverses suivant les espèces em-
ployées, propriétés que connaissent bien nos ménagères,
car je les ai vues cueillir maintes fois l'Hexagone du
Mûrier blanc (*Hexagona mori*, Fries), connu à Fontvielle,
près d'Arles, sous le nom vulgaire de *Pan dou diable*
(pain du diable) pour faire par décoction, une sorte de
teinture dont elles se servent pour laver leurs meubles
en noyer, tandis que d'autres ramassent le Polysac à
pied épais (*Polysaccum crassipes*, de Candolle) qu'elles
utilisent pour teindre en brun, la soie, le fil et la laine,
et qu'elles désignent suivant les localités sous les vocables de *Lofi de loup*, *Boufigo de loup per tigné*, *Vesso
de loup*, *Boulet de tencia* (champignon de teinture). Re-
marquons en passant que, grâce à la mauvaise réputation dont jouissent le loup et le diable, tous les végétaux

auxquels le peuple a accolé leurs noms, sont peu ou point comestibles.

Deux Fomes, l'amadouvier et son voisin le combustible, servent à faire l'amadou employé en chirurgie et qui était d'un usage si répandu avant l'invention des allumettes chimiques. Un autre Polypore est utilisé pour faire des bouchons. De certaines tramètes, on pourrait retirer des essences pour la parfumerie. Les Coprins, ces agarics si fugaces qui vivent sur nos fumiers et se résolvent dès qu'on les touches en un liquide noirâtre, pourraient servir, par l'ébullition du chapeau dans l'eau, le filtrage et l'addition d'un peu de sublimé pour l'empêcher de moisir, à préparer une encre excellente pour écrire et pour le lavis. Les formes minuscules, font éprouver à différents produits des modifications dont nous profitons, par exemple, la transformation des liquides sucrés en alcool et acide carbonique qui est mise à profit dans la fabrication des boissons fermentées, dans la panification, etc.

N'ayons aussi garde d'oublier que la médecine emprunte à cette classe de végétaux des moyens puissants pour combattre nos maladies. Je ne citerai que pour mémoire le Bolet officinal (*Polyporus officinalis*, Fries), usité autrefois comme purgatif drastique et encore employé aujourd'hui contre la sueur des phthisiques, mais il est une partie d'un champignon bien autrement important en thérapeutique, je veux parler de l'Ergot de seigle ou seigle ergoté qui donné en nature, seulement réduit en poudre, où bien encore sous forme d'extrait nommé ergotine, rend chaque jour de si précieux services dans les hémorrhagies internes, certaines paralysies et surtout pour réveiller l'irritabilité de la fibre musculaire lisse avant, pendant ou après la parturition.

« Enfin le rôle de ces êtres dans l'économie de la nature, ainsi que le fait judicieusement observer M. le professeur Forquignon dans son charmant travail de vulgarisation sur les champignons supérieurs, est d'une importance fondamentale. Infatigables auxiliaires des microbes, plantes saprophytes par excellence, ils font disparaître, ils consomment et élaborent continuellement les détritus des végétaux phanérogames et parfois des cryptogames eux-mêmes. Ils concourent ainsi à la formation de l'humus, élément essentiel de la terre végétale. Cette restitution au sol des substances chimiques que les plantes lui ont empruntées, cette fabrication d'humus doit s'accomplir vite : aussi la végétation des champignons est-elle très rapide. Deux circonstances la favorisent. En premier lieu, leur structure est simple ; leur accroissement se réduit à un bourgeonnement de cellules. Ensuite, ils trouvent à leur portée une nourriture toute prête, sous une forme éminemment assimilable : ils n'ont pas besoin d'opérations chimiques complexes destinées à transformer des produits de combustion ultime, tels que l'acide carbonique et l'eau, en substances ternaires ou quaternaires.

« La *Composition élémentaire* des champignons, dit le savant chimiste de la Faculté des sciences de Dijon, se rapproche d'une manière étonnante de celle des animaux. Elle a pour traits essentiels la prédominance de trois principes : *l'eau, l'azote organique* et le *phosphore.* Pauvres en matières minérales, leur teneur en azote surpasse de beaucoup celle des phanérogames les plus azotés, tels que les légumineuses. Diverses matières protéiques, l'albumine, la gélatine font partie intégrante de leur tissu. Si l'on analyse leur squelette, c'est-à-dire les cendres, on y trouve une grande quantité d'acide phosphorique, comme dans le squelette des animaux.

2

Seulement, chez les champignons, cet acide est sous
forme de sels alcalins solubles, totalement assimilables.
Il en résulte que les champignons ont une *haute valeur
nutritive* : on peut dire que c'est une *viande végétale*.
De là une utilité économique incontestable, en dehors
même du pur agrément gastronomique. Dans une foule
de pays, les gens de la campagne en font grand usage,
surtout en temps de disette. Nourriture très saine, fortement reconstituante, plus semblable à la viande qu'aucune autre, et supérieure même, à certains égards, par
sa richesse en acide phosphorique soluble, elle devien-
dra, sans aucun doute, une ressource de plus en plus
précieuse, à mesure que les études relatives à la connaissance des espèces comestibles, à leur conservation,
à leur culture, se seront propagées et popularisées
davantage.

« Les animaux, en attendant, nous montrent l'exemple : le pouvoir alimentaire des champignons est mis
largement à contribution par eux. Les cerfs, les sangliers,
les souris, etc., en sont friands ; une multitude d'insectes les recherchent pour les dévorer ou pour y déposer
leurs œufs, et, trop souvent, l'amateur qui les cueille
a le désappointement de les trouver entièrement envahis
par les larves. C'est là un autre aspect, et non le moins
essentiel, de l'emploi dévolu aux champignons par la
nature. On voit en eux des abstracteurs de quintes-
sence, qui, par une savante élaboration des sucs végétaux, préparent sans relâche des festins délicats pour
toute une légion de petits gourmets insatiables : moucherons, vermisseaux, limaces et scarabées. Ceux-ci,
convives indiscrets, abandonnent même au champignon
le soin d'abriter et de nourrir leur progéniture.

« Nous pourrions établir bien d'autres rapprochements
entre les champignons et les animaux. Ainsi les spores

des myxomycètes sont animées du mouvement brownien, ou amiboïde ; certains parasites *(Cordyceps, stilbum)* choisissent comme substratum soit un animal, tel qu'un insecte, soit un champignon ; enfin les merveilleux phénomènes de *génération alternante,* connus déjà dans la série animale, ont également été découverts et étudiés en détail chez plusieurs groupes de champignons inférieurs, tandis que les végétaux phanérogames n'offrent rien de semblable. »

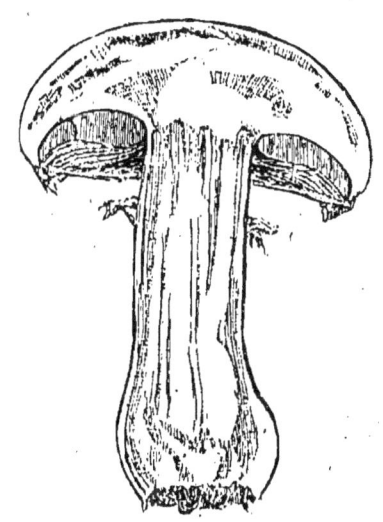

Fig. 1. Coupe longitudinale d'un NEGROUN.

Mais d'où viennent ces êtres? comment se produisent-ils? comment se fait-il que justifiant le dicton : *pousser comme un champignon,* on les voit aujourd'hui, là, où il n'y avait rien la veille. Un exemple va nous servir à éliminer l'inconnu de ce problème. Cueillons ce *Negroun,* cet agaric dont les lamelles déjà noires, semblent mériter le nom qu'on lui donne dans certaines communes du département. Portons-le soigneusement à la maison, plaçons-le sur une feuille de papier blanc et attendons ce qui va se produire : quelques heures à peine se sont écoulées et déjà le papier que recouvre notre agaric, perd de sa blancheur. Il y a là des petits points noirâtres qui se sont déposés, ce sont des *spores*. Ces petits corps placés dans un milieu convenable, produiront des filaments dont les ramifications s'anastomosent entre elles. Il en résulte une production fila-

Fig. 2. Spores de NEGROUN, grossies.

menteuse, rarement condensée en un corps solide et offrant d'ailleurs des aspects divers ; elle constitue la partie fondamentale et végétative de la plante, on pourrait la comparer à l'axe des végétaux supérieurs. C'est le *mycélium* bien plus connu sous le nom de *blanc* de champignon. C'est lui que l'on pique dans la litière des chevaux quand on veut industriellement produire le champignon de couche, l'une des rares espèces que l'homme sache cultiver.

Ce mycélium persiste plus ou moins longtemps sans que l'individu qu'il compose ait le moyen de se reproduire ; mais quand il a pris une force suffisante, il émet plus ou moins perpendiculairement à sa direction un ou plusieurs filaments simples ou rameux qui, à leur extrémité, forment des cellules reproductrices ou spores, soit des formations plus volumineuses, et c'est notre cas, regardées comme le champignon même et qui est seulement le support de sa fructification ou son réceptacle.

Ainsi dans notre exemple, du mycélium ou blanc,

s'élèvera bientôt une petite masse globuleuse qui croîtra
d'heure en heure. Puis des déchirures apparaîtront
dans l'enveloppe et alors s'offrira à notre vue un champignon, ayant un pied, un chapeau ou hyménophore à
la face inférieure duquel se montreront des feuillets
rayonnants du centre à la périphérie, et la trace de la
déchirure sur le pied sera l'anneau ou la bague.

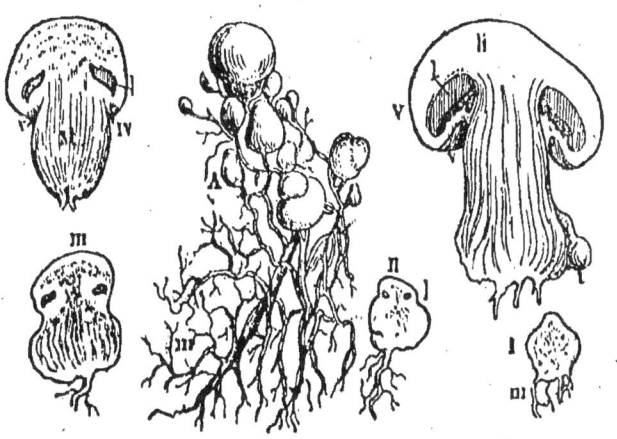

Fig. 3. NEGROUN à différents états de développement.

Les feuillets sont tapissés par une membrane fructifère nommée hyménium qui est formée d'une seule couche de grandes cellules cylindriques ou ovoïdes, atté-
nuées à la base et portant chacune ordinairement quatre spores. Si on plaçait cet agaric sur du papier blanc on
verrait ces spores tomber comme au début de notre expérience. En un mot le cycle biologique recommencerait.

C'est là un exemple de reproduction asexuée, le seul
mode qui soit bien établi dans les champignons supérieurs.

Les champignons sont très nombreux, on les trouve
partout. Pour se reconnaître au milieu de ce dédale on
a été amené à établir des classifications. Dire que

celles-ci sont nombreuses, c'est indiquer que le sujet
était difficile, c'est laisser à entendre qu'aucune n'a à
l'heure actuelle atteint ce degré de perfection qui con-
sisterait à classer ces êtres à côté les uns des autres,
selon leurs affinités naturelles. Acceptons ces classifications pour ce qu'elles valent ; voyons en elle un moyen
commode de diviser notre sujet afin de pouvoir l'étudier plus à notre aise et d'arriver ainsi à avoir une idée
plus nette de chaque groupe qui le forme et rien de
plus.

En l'état actuel de la science, la meilleure classification
des champignons est encore celle donnée par Cooke et
Berkeley dans leur livre de la bibliothèque scientifique
« LES CHAMPIGNONS ».

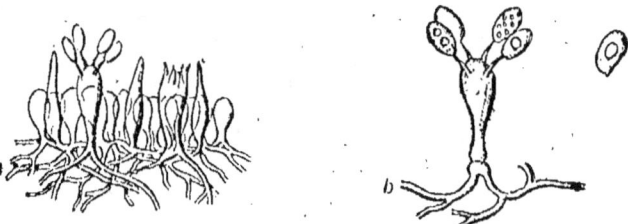

FIg. 4. SPORIFÈRES. Spores nues. (a) Coupe du tissus sous-hyménial ;
(b) Cellule isolée portant quatre spores ; (c) Une spore isolée.

Ces auteurs divisent les champignons en deux sec-
tions. Dans l'une les spores sont nues, c'est-à-dire non
renfermées dans des cellules ; ceux qui présentent ce
caractère sont dits SPORIFÈRES. Dans l'autre les spores
sont contenues dans des cellules nommées sporidies,
sporanges, asques, thèques, etc. ; les champignons
offrant cette particularité portent le nom de SPORIDI-
FÈRES.

Les *Sporifères* se subdivisent à leur tour en deux
sous-sections, suivant qu'il y a un hyménium ou que
cette membrane manque. De là des *Hyméniés* et des
non Hyméniés.

Les Hyméniés forment deux ordres, selon que l'hyménium est libre, généralement nu ou bientôt découvert comme dans les Hyménomycètes, ou qu'au contraire la membrane hyméniale est renfermée dans la masse du végétal nommée péridium qui se déchire à la maturité pour laisser échapper les spores. Les champignons présentant cette manière d'être sont dits : Gastéromycètes.

Un *Negroun*, une *Espoungo*, une *Aurihelo spinouso*, un *Pan dou diable*, une *Barbo de bouc*, etc., appartiennent à l'ordre des Hyménomycètes, tandis que

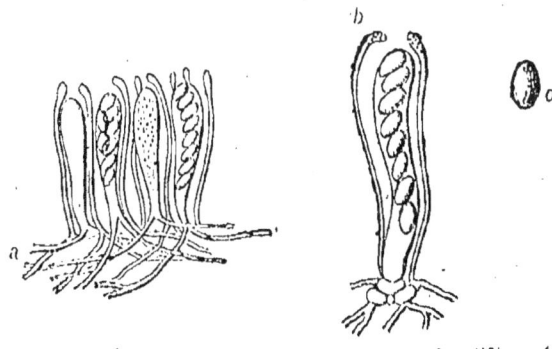

Fig. 5. SPORIDIIFÈRES. (a) Coupe de la membrane fructifère; (b) Une thèque garnie de spores; (c) Une spore isolée.

la *Vessino de loup*, le *Gisglaire*, la *Vessino estellado*, etc., font partie de l'ordre des Gastéromycètes.

Les Hyménomycètes forment six familles qui sont établies suivant la façon dont la membrane hyméniale est distribuée à la surface du champignon. La face inférieure du chapeau présente-t-elle des feuillets : Famille des Agaricinées. Y a-t-il des tubes : Famille des Polyporées. Y a-t-il des piquants ou des épines : Famille des Hydnées. L'hyménium est-il le plus ordinairement horizontal, ne recouvrant qu'une des faces, souvent l'inférieure : Famille des Auriculariées. Entoure-t-il le réceptacle de tous les côtés, au moins vers son sommet : Famille des Clavariées. La plante est-elle toute gélatineuse, lobée, en forme de cervelle et l'hyménium recouvre-t-il toute la surface du champignon ou seulement une partie ; est-il lisse, en guise de papilles, supère, latéral, discoïde, vermiforme, etc.: Famille des Trémellinées.

Les Gastéromycètes se subdivisent en deux sous-ordres, selon que l'hyménium est plus ou moins persistant suivant le type hyménomycètes ou bien qu'il s'évanouit et la masse poudreuse des spores se rapproche des Coniomycètes. Ce dernier sous-ordre est celui des Coniospermes.

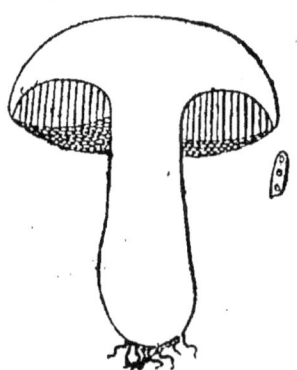

Fig. 6. Coupe d'un Bolet (Polyporée).

Dans les Gastéromycètes à spores plus ou moins persistantes, on a formé trois familles. L'une renferme des champignous souterrains, ressemblant en cela aux Truffes, mais s'écartant de celles-ci par d'autres caractères, notamment par leurs spores non enfermées dans une asque. Cette famille porte le nom d'Hypogée ou d'Hyménogastrée. Le Rhizopogon rougeâtre ou *Vessino de loup* en est un exemple bien connu.

Deux végétaux assez communément répandus dans

notre région, le Phallus impudique, à odeur fétide, et le clathre grillagé suffisent pour nous donner une idée de la deuxième famille dite des Phalloïdées. Ici le jeune être est contenu dans une sorte de bourse qui, ne suivant pas le développement, crève et laisse passer ce que le vulgaire considère comme le champignon propre-

Fig. 7, Phallus impudique,

ment dit ; l'Hyménium devient déliquescent et les insectes attirés par l'odeur viennent y butiner et servent à la dissémination des spores et partant de l'espèce.

Enfin une troisième famille celle des Nidulariées a

aussi plusieurs représentants dans notre Provence et dont le plus connu est le Cyathus olla. Figurez-vous une masse ressemblant à un tout petit dé à coudre, fixée par sa base sur des débris végétaux et contenant dans son intérieur des petits corps ou conceptacles secondaires renfermant les spores. L'aspect de ce champignon qui n'est pas sans analogie avec celui d'un nid minuscule plein d'œufs explique le nom de Nidulariées donné à cette famille.

Le sous-ordre des Coniomycètes forme également trois familles. Dans l'une, la plante est portée par un pied ; son hyménium séchant en une masse pulvérulente, enclos dans une volve. C'est la famille des Podaxinées qui comprend surtout des champignons exotiques bien que plusieurs représentants vivent dans notre région.

La deuxième famille est celle des Trichogastres ou Lycoperdacées. Elle est formée par des champignons tels que nos Vesses de loup, nos Geastres, etc...

Enfin la famille des Myxomycètes composée d'êtres curieux revendiqués tour à tour par les Zoologistes et par les Botanistes, mais reconnus comme étant du domaine de ces derniers. Ce sont ces masses gélatineuses changeant souvent de forme que l'on trouve sur les tiges vivantes ou mortes, les feuilles, le bois pourri, le tan, etc., et dont un type le *Fuligo varians* infeste trop souvent nos serres.

La section des Sporifères sans hyménium se subdivise en deux sous-ordres, les Coniomycètes et les Hyphomycètes. Dans les premiers les spores nues, généralement terminales sont portées sur des fils imperceptibles libres ou enfermés dans un perithèce , tandis que chez les Hyphomycètes les spores nues sont placées sur des fils très-visibles, rarement soudés, petits.

Les Coniomycètes forment six familles : Sphœroné-
mées, Melanconiées, Torulacées, Æcidiacées, Céoma-
cées, Pucciniées. Ce sont des êtres microscopiques pour
la plupart et polymorphes à un très haut degré qui se
développent soit sous la cuticule des plantes phanérogames, soit à l'extérieur du végétal. C'est à ce groupe
qu'appartiennent les champignons produisant certaines
maladies, de nos céréales telles que le charbon, la rouille,
la carie, etc...

Les Hyphomycètes, vulgairement nommées moisissures, *mousso ou moufo doù pain*, etc., comprennent
cinq familles : Isariacées, Stilbacées, Dématiées, Mu-
cédinées, Sépédoniées. Dire que le Peronospora infes-
tans, qui vit sur nos pommes de terre et détermine la
putréfaction humide de ces tubercules, et l'Oïdium
qui attaque nos vignes sont rangés dans cette section,
c'est faire connaître suffisamment le facies qu'affectent
un certain nombre de ces espèces parasites.

La section des Sporidiifères ou à champignons ayant
les spores contenues dans des cellules nommées sporanges, asques, thèques, etc., se subdivise en deux
sous-ordres : les Phycomycètes et les Ascomycètes.

L'ordre des Phycomycètes est formé par des êtres
offrant une certaine analogie de structure avec les Hyphomycètes, mais en différant essentiellement parce que
les spores ne sont pas nues. Ces Phycomycètes — remarquables par le développement du système végétatif,
sous la forme de fils simples ou ramifiés portant les cellules
dans lesquelles les spores prennent naissance — forment
trois familles : Antennariées, Mucorinées, Saprolégniées.
Plusieurs membres de ces familles sont intéressants
car ils ont servi à élucider certaines questions relatives
à la reproduction sexuée des champignons.

L'ordre des Ascomycètes renferme des formes que le

vulgaire est habitué à rencontrer. Dire qu'il contient
les *Rabasso*, les *Bounet de capelan*, les *Capéu de gendarmo*, les *Pangoro* etc., c'est indiquer le facies des
représentants les plus connus, car il y a bien des variétés ; mais d'une façon générale, on peut dire que ce
qui suffit à caractériser cet ordre, est la production de
spores dans certaines cellules appelées asques et qui

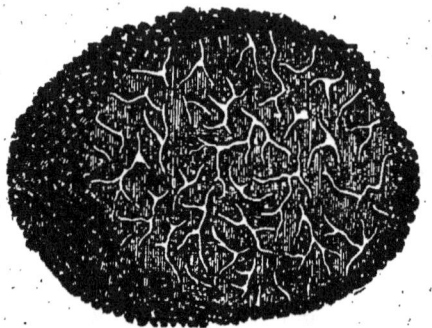

Fig. 8. Coupe transversale d'une Truffe.

procèdent de l'hyménium. Les asques pouvant être fugaces ou plus souvent persistants. Les Ascomycètes
forment six familles : Onygénées ; Perisporiacciées ;
Sphæriacées, étudiées dans notre région par mon honoré
confrère, M. le docteur Fabre, de Sérignan ; Phaci-
diacées ; Tubéracées, que connaît si bien mon excellent
ami M. le docteur Ferry de la Bellonne d'Apt ; les Hel-
vellacées renfermant les Helvelles, les Morilles, les
Pezizes, etc., dont la plupart des espèces sont servies
sur nos tables.

Sous le rapport bromatologique, les champignons ont
été divisés en comestibles et en vénéneux. Or, il n'est
pas de règle, sauf les caractères fournis par l'étude
attentive des espèces, qui permette d'établir cette distinction. Pourtant, me direz-vous, mille et un moyens
sont donnés comme propres à différencier sûrement un

champignon bon à manger de tel autre qui est réputé nuisible. J'accorde ce point et je vais même jusqu'à confesser que chaque ramasseur de champignons a le sien qui est toujours plus infaillible que celui du voisin. L'un vous dit, celui-ci est bon ; car a *l'aneù, a la baguo*, faisant allusion à l'anneau qui orne le pied de beaucoup d'agarics et le soir il s'empoisonne lui-même avec l'Amanite tue-mouches, ou tout autre espèce vénéneuse munie d'un collier.

L'autre fonde sa confiance sur la pièce de monnaie, les petits oignons blancs, la cuiller d'argent, la moelle de jonc, la mie de pain, le blanc d'œuf, etc., qui ne manquent pas de changer de couleur, si on les fait séjourner pendant la cuisson avec des espèces suspectes. Un troisième vous assure que, suivant qu'un champignon présente telle couleur du chapeau ou de la chair, telle saveur, telle odeur, telle consistance, il est bon ou mauvais.

Survient un quatrième connaisseur. Celui-ci se moque des conseils donnés par ceux qui l'ont précédé ; lui seul connait le véritable secret qui vous permettra toujours de discerner les bons des mauvais et il vous dit mystérieusement : mangez ceux qu'attaquent les moutons ou les chèvres ou encore les limaces. Cet homme est de bonne foi ; je dirai même que son conseil semble avoir du vrai ; tous les chercheurs savent qu'il est le plus souvent inutile d'explorer un quartier que les troupeaux viennent de parcourir, car les bêtes, étant friandes de ces végétaux, les ont dévorés. Vous le croyez sur parole et le soir vous vous empoisonnez avec le Pleurote de l'olivier que mangent pourtant les moutons. J'ai eu dernièrement à soigner une famille composée de six personnes qui, confiantes en ce préjugé avaient mangé cet agaric et se trouvaient mal à leur aise. Heureusement le Pleurote

de l'olivier est émétique et mes malades en furent quit-
tes pour quelques jours de repos, car des vomissements
nombreux étaient venus tout naturellement expulser le
corps du délit.

Je pourrais continuer cette énumération des préten-
dus moyens sûrs pour établir la distinction des champignons en comestibles et en vénéneux et qui, tous, sans
exception, aboutissent tôt ou tard à empoisonner la
personne qui les met en pratique ; mais mon but est
atteint, car je crois avoir suffisamment démontré qu'il
n'existe pas de moyens empiriques pour distinguer les
espèces mauvaises des bonnes. Il faudra donc, ou se
résigner à ne point manger de champignons, ou bien
il y a nécessité absolue pour le mycophage à apprendre
à connaître ces êtres au point de vue botanique, puisque
l'étude seule donne la certitude que telle espèce est comestible et telle autre dangereuse.

Au premier abord, le travail paraît considérable, les
champignons sont nombreux et il y a des régions pré-
vilégiées qui peuvent bien présenter quatre ou cinq
cents espèces différentes. Cela est vrai, mais il n'est
peut être pas de départements qui n'offrent à l'étude
mille, quinze cents ou deux mille plantes phanérogames
et pourtant vous distinguez très bien la bourrache du
fenouil et vous ne confondez pas les jusquiames avec la
pomme de terre. D'ailleurs, dans tous les pays, un
petit nombre d'espèces sont seules habituellement consommées. J'habite une commune pauvre et où les champignons abondent; aussi en fait-on une grande consommation et cependant il n'y a jamais eu d'accidents
graves à déplorer. D'où provient cela ? Uniquement
de ce fait que mes compatriotes connaissent bien les
champignons cueillis pour leur nourriture et s'en tiennent à une dizaine d'espèces que l'usage leur a indiquées
comme d'une innocuité absolue.

En dehors du *Pignen*, du *Mourvelous*, de la *Ratino*, des *Barbo*, de la *Mourveleto*, du *Mourre-de-gat*, de la *Mourelo-blanco*, des *Pignen de la Sant-Jan*, des *Capelan* et de quelques autres espèces consacrées par le temps, l'Allauchien dédaigne tous les champignons. Aussi, le jour où l'on m'a vu ramasser des Bolets granuleux ou des Lentines tigrés pour les manger, tous mes voisins m'ont généreusement averti et sont venus m'engager à ne pas consommer ces champignons que nul dans le pays ne cueillait. Il fallut leur prouver par l'exemple que ces espèces non seulement étaient inoffensives mais encore qu'elles constituaient un manger assez délicat. Et à partir de ce moment le Bolet granuleux et le Lentine tigré ont eu les honneurs de la table.

On pourrait donc établir en principe que, dans une commune donnée, il faut en matière de champignons ne manger absolument que ceux que l'on consomme généralement et dont un temps très-long a suffisamment prouvé l'innocuité. Ce conseil a à mes yeux une grande valeur. Par l'étude botanique vous arrivez à savoir que le *Pignen* des Marseillais correspond au Lactaire délicieux, que leur *Mourvelous* est l'Hygrophore limace, etc., et pourtant, malgré toutes vos connaissances des espèces, vous pouvez vous rendre très malade, car les traités de mycologie ne disent pas tout pour toutes les régions. Quelques exemples viendront à l'appui de la thèse que je défends.

Il y a deux ans, je rapportai, d'une promenade botanique dans les bois de Pichauris, une assez grande quantité d'Amanites à tête lisse (*Amanita leiocephala*, Gillet) que beaucoup de mycologues considèrent aujourd'hui comme étant une simple variété de l'Amanite ovoïde (*Amanita ovoidea*, Fries). Le soir nous en man-

geâmes à notre dîner, après les avoir fait blanchir avant
de les passer à la poële. Comme toujours, elle furent trou-
vées bonnes et nul des convives ne fut incommodé le
moins du monde.

J'en donnai un panier — sept ou huit Amanites, car
cette espèce est de forte taille — à un de mes voisins ;
celui-ci les mangea également à son repas du soir, mais
sans les avoir préalablement soumises à l'ébullition. Le
lendemain je fus étonné d'apprendre que dans la nuit,
il avait été indisposé assez sérieusement, mais quelques
selles copieuses survenues peu après suffirent pour dissiper son malaise. Je connaissais mon voisin pour un
véritable glouton, mangeant fort vite et mâchant im-
parfaitement, j'attribuai donc son accident à une indigestion et n'y attachai pas plus d'importance.

L'été dernier je retournai à Pichauris pour voir un
malade, j'avais avec moi le facteur local n° 3, qui avait
profité de ma voiture pour faire sans trop de peine sa
tournée quotidienne. Quand nous eûmes fini, lui de
distribuer ses lettres, moi d'examiner mon client, nous
pénétrâmes dans le bois et nous voilà en train de ramasser une corbeille de Russules sevrées (*Russula delica*,
Battara), le seul agaric qui poussât à ce moment là.
Le soir venu, j'invitai le facteur à partager mon repas
composé presque exclusivement de Russules cuites à la
poële, mais après avoir été blanchies. Nous en fîmes
une véritable débauche ; chaque convive en mangea au
moins une dizaine et sans le moindre inconvénient.

Le lendemain en allant prendre son courrier au bu-
reau de poste, mon convive parla de son dîner de la
veille aux autres facteurs. L'un d'eux le pria de lui
apporter de ces fameux champignons. Ce que fit le facteur de Pichauris. A son retour il me montra sa cueillette. C'était la même espèce que celle ramassée par

nous le jour précédent ; d'ailleurs, je le répéte avec inten-
tion, en ce moment c'est le seul agaric qui se montre
dans nos bois en quantité un peu considérable ; aussi,
nos ruraux le connaissent-ils sous le nom significatif
de *Pignen de la Sant Jan* ou encore sous celui de *Pignen blanc* qu'il partage avec certaines amanites, notamment l'Amanite ovoïde.

Voilà donc le facteur n° 2, M. Pinatel Alexandre,
pourvu d'un plein mouchoir de Russules sevrées. Le lendemain il les prépare sur le gril, sans ébullition préalable;
il les arrose avec de la bonne huile, les assaisonne con-
venablement et en mange une partie à son déjeuner.
Il part ensuite pour faire sa distribution qui s'effectue
sans encombre. Au repas du soir, il achève son plat de
Russules, puis, quelques heures après, va se coucher.
Vers les onze heures, il est éveillé par de fortes coliques
Il saute à bas du lit, s'habille à la hâte, descend dans
sa cuisine et veut préparer une infusion. Il ne peut ve-
nir à bout de cette opération, tant sont grandes ses
souffrances; il boit un demi-flacon d'eau de mélisse des
Carmes qui se trouve sous sa main, mais ses douleurs
ne cessent pas. Alors le facteur croit que son dernier
moment est venu, il prend une feuille de papier et une
plume pour écrire son testament, mais sa vue s'obscurcit,
ses mains tremblent et il se trouve impuissant à confier
au papier ses volontés dernières. Il achève l'eau de
mélisse et se roule sur le sol, mais les coliques ne dimi-
nuent pas. Pourtant une grande transpiration survient,
il éprouve un peu de calme et peut faire une infusion
dont il boit plusieurs bols. Vers les cinq heures du matin, une débâcle se produit, il a plusieurs selles abon-
dantes et se trouve mieux. Pourtant il ressent encore
un grand malaise ; il est las au point de ne pouvoir faire
sa tournée qu'en se traînant en quelque sorte. Aussi

3

me disait-il : pour tout l'or du monde, je ne consentirais à recommencer l'expérience.

Autre fait et celui-là m'est personnel. Une de mes fillettes, Jeanne, bambine de six ans, avait trouvé, dans les bois de pins des environs d'Allauch, une Pezize nouvelle pour la région et peut être même pour la science. J'adressai cette plante à M. le docteur Quélet, l'un de nos mycologues les plus autorisés, qui maintes fois a redressé mes déterminations boiteuses. Il vit en elle une variété du *Peziza splendens* qu'il a nommée *Reguisii*, en souvenir de l'enfant qui l'avait trouvée. Dans une de ses lettres, il me priait de lui en adresser de nouveaux spécimens. Me voilà donc, une après-midi, en train de parcourir les bois avec Jeanne pour retrouver sa Pezize. A notre retour nous traversâmes un champ en jachère qui contenait par places de nombreux agarics. L'enfant crut reconnaitre en eux la Pratelle champêtre et se mit à en remplir son panier, tout en ayant soin de laisser de côté les individus trop vieux, se souvenant m'avoir souvent entendu dire que les espèces passées étaient généralement indigestes et remplies de larves. Je la laissai faire et, une fois arrivés à la maison, j'examinai la Pratelle cueillie ; ce n'était pas l'Agaric champêtre, mais la Pratelle des prés (*Pratella pratensis*, Fries), espèce fort voisine et également comestible.

Nous nettoyons nos champignons, on les prépare à la poële, mais sans les faire blanchir. Le moment de prendre notre repas du soir arrive. Nous mangeons nos agarics, ils sont trouvés délicieux et ma dernière enfant, une fillette de deux ans, réclame sa part ; on lui donne un morceau de champignon. Nous étions six personnes à table, trois seulement consomment notre récolte. Il était alors sept heures. On fait un peu de veillée, puis chacun gagne sa chambre. Vers les dix heures j'entends l'enfant de deux ans se plaindre ; j'accours, la mère l'avait dans les bras. A mon arrivée l'enfant vomit et, parmi les déjections, je retrouve le morceau d'agaric entier et très-gonflé. L'enfant prend le sein et s'endort. Nous attribuons son malaise à une indigestion provoquée par le champignon non mâché. Je regagne ma chambre et je me recouche ; au bout d'un instant j'entends encore du bruit. C'était Jeanne qui, à son tour, était prise de vomissements qui se répétaient plusieurs fois. Elle accusait une assez vive souffrance dans la région stomacale. Nous la soignons et, vers une heure du matin, notre seconde malade étant plus calme, je retourne à ma chambre, je me couche de nouveau et m'endors. Vers les quatres heures du matin je suis réveillé par des coliques sourdes et par un besoin pressant d'aller à la garde-robe. Une selle copieuse fait disparaître mes douleurs intestinales.

Le lendemain, le malaise des deux enfants était complètement dissipé. Je n'avais gardé qu'une sensation désagréable de constriction à la gorge et un besoin fréquent de crachoter assez pénible. Je retournai chercher des Pratelles dans le même champ, croissant dans les mêmes conditions. Je les nettoie et les fait cuire également à la poêle, mais après ébullition préalable. J'en mange une quantité triple de la veille, elles ne sont pas moins suaves au goût, mais je n'ai plus le moindre trouble digestif.

A partir de ce jour, tous les champignons qui sont mangés à la maison, et nous en mangeons beaucoup comme quantité et comme variétés, furent soumis à l'action de l'eau bouillante, sauf quelques rares espèces : *Pignen, Berigoulo, Mourvelous,* etc., et jamais personne de ma famille n'a plus eu à se plaindre de ces végétaux.

Mais, dira-t-on, qui sait si dans les faits avancés plus
haut, il n'y a pas d'erreur de détermination, qui sait si
l'on n'a pas confondu telle espèce comestible avec telle
autre qui ne l'était pas. J'avoue que ma science mycologique est de trop fraîche date pour prétendre à l'infailli-
bilité ; pourtant je puis affirmer que je suis sûr de mes
déterminations, car les types cités sont communs dans
nos environs et ma correspondance scientifique pourrait attester que je les ai adressés fréquemment aux
spécialistes les plus autorisés de notre pays, tels que
M. Quélet, le savant président de la société mycologique de France ; M. Gillet, le mycologue distingué d'A-
lençon ; M. Barla, le zélé directeur du Muséum d'histoire naturelle de Nice et mon premier maître dans l'é-
tude des champignons ; M. Honoré Roux, l'infatigable
botaniste marseillais ; M. Richon, mon excellent confrère dont le pinceau fidèle dessine actuellement le
magnifique *Atlas des Champignons comestibles et
vénéneux de la France.*

Voilà donc trois espèces : Amanite à tête lisse, Russule sevrée, Pratelle des prés, considérées comme comestibles dans tous les traités de mycologie, qui, cueillies
en bon état de conservation, peuvent pourtant causer un
malaise assez grave. D'autre part, il est tel agaric réputé
très vénéneux, l'Amanite panthère par exemple, qui est
mangée fréquemment sur certains points de la Provence,
et cependant on n'a jamais eu d'accident à enregistrer.
D'où vient cette différence d'effets produits ?

M. le docteur Fabre de Sérignan, va nous le dire :
« cela tient au mode culinaire. A mon avis, dit ce savant
observateur, la distinction des auteurs en champignons
comestibles et en champignons vénéneux n'a aucune
espèce de valeur si l'on ne tient compte du mode de
préparation. Ici on a l'habitude — et je la propage

autant qu'il est en mon pouvoir — de faire blanchir
les champignons, c'est à dire de les faire cuire dans
l'eau bouillante et salée, avant de les préparer de telle
manière que l'on veut. Cette précaution prise, tout champignon est comestible.

« Je vois cueillir pour la cuisine des espèces de fort
mauvais renom dans les livres, tels que le Pleurote de
l'olivier et le Bolet livide. Le champignon le plus fréquemment apporté sur les marchés d'Avignon est l'Armillaire couleur de miel que beaucoup d'auteurs disent
dangereuse tandis que d'autres la déclarent comestible.
La contradiction s'explique en considérant sans doute
la diversité de préparation culinaire. Pour élucider
cette importante question, j'ai fait longtemps usage,
moi et toute ma famille, du champignon toxique le plus
abondant dans ma région, l'Amanite panthère.
Cuit d'abord à l'eau bouillante, cet agaric constitue un
manger excellent et inoffensif.

« Vous le voyez, la distinction des champignons en
comestibles et en vénéneux ne signifie rien, si l'on ne
ne précise le mode de préparation. J'ai lu dans le temps
un opuscule de Delile sur cette importante question. Le
travail du savant professeur de Montpellier a été le point
de départ de mes observations personnelles. »

Cette manière d'envisager la question m'amène tout
naturellement à dire un mot du procédé de Gérard. Ce
savant a prouvé qu'on pouvait impunément faire usage
des champignons les plus vénéneux. Il suffit de faire
macérer pendant deux heures 500 grammes de ces espèces suspectes dans un litre d'eau à laquelle on a ajouté
trois cuillerées à soupe de vinaigre ou deux cuillerées
de sel, puis on les retire, on les essuie et on les fait
bouillir un quart d'heure dans de l'eau ordinaire que l'on

rejette ensuite. Il ne reste plus qu'à les apprêter et à les servir.

On a reproché au procédé Gérard d'enlever, en même temps que le principe toxique, des éléments nutritifs et de ne laisser qu'un mets peu délicat. C'est possible, car j'avoue ne m'être jamais servi de cette manière d'opérer; l'ébullition préalable étant, à mon avis, suffisante pour les espèces de ma région. J'ai fait de nombreuses expériences, je les ai répétées, je les ai renversées et pour moi il en résulte qu'au point de vue alimentaire les champignons de la Provence sont divisibles en deux catégories.

Dans la première, je place ceux qui doivent être forcément bannis de notre table à cause de leur chair trop coriace ou trop parfumée.

A la deuxième catégorie, appartiennent les espèces à chair assez tendre pour constituer un manger délicat. Mais ici une distinction doit être faite entre les champignons qui sont comestibles sans ébullition préalable (*Oronge*, *Lactaire délicieux*, *Pleurote du chardon Roland*, *Helvelles*, *Bolet édule*, etc...) et ceux qu'il ne serait pas prudent de consommer sans cette opération.

En résumé vous aimez les champignons, mais vous tenez à la vie, et n'avez qu'une médiocre confiance en votre cuisinière. Eh bien! ami lecteur, ne mangez dans une commune donnée, que les espèces que tout le monde mange et dont un long usage à prouvé l'innocuité absolue ; bannissez de votre table celles qui, étant trop vieilles, commencent à se décomposer et surtout n'ayez garde d'oublier que, pour être un mets des dieux, les champignons n'en constituent pas moins assez souvent un aliment indigeste et dont il ne faut pas se surcharger.

Que dois-je faire, si je m'empoisonne, me crie un pessimiste ? En pareille occurrence, le plus simple est de faire appeler un médecin qui seul peut juger en connaissance de cause de la gravité du cas et des remèdes qu'il faut y apporter. En attendant sa venue, on pourrait, si l'état du malade paraissait l'exiger, le faire vomir soit par l'ipéca ou l'émétique, soit en titillant la luette et l'arrière-bouche. Une purgation huileuse sera utile pour débarrasser les voies intestinales du corps irritant qu'elles contiennent. Si le patient est très affaibli et présente de la prostration, on pourra lui donner du café noir en infusion. Si par contre, il y a des accidents nerveux, on fera bien de mettre en pratique les pédiluves sinapisés pour amener une dérivation qui très souvent sera salutaire.

A

AMADOU. Nom donné à Cavaillon au Fomes amadouvier (*Fomes fomentarius*, Persoon), polyporée qui croît toute l'année sur le tronc des vieux arbres et dont on fait l'amadou. Voir *Esco*, plus généralement usité.

AMARUN. Désigne à Cavaillon l'Hébélome échaudé (*Hebeloma crustuliniformis*, Fries), agaric qui vient solitaire ou en groupes, dans les bois, les prairies et forme assez souvent des cercles ou des bandes sinueuses très-grandes. Chair assez ferme, épaisse, blanche ; odeur forte de rave ; saveur désagréable. Est comestible, mais très-amer.

AMARUN DOU VIN. L'amertume du vin aussi appelée *goût du vieux* est, comme l'indique cette dernière dénomination, une maladie que certains vins contractent en vieillissant. Quand on examine au microscope un liquide atteint de cette altération, on découvre un nombre plus ou moins considérable de filaments, tantôt seuls, tantôt associés à de petits amas d'une substance particulière qui n'est autre chose que la matière colorante du vin devenue en partie insoluble. Les filaments constituent le champignon, ferment auquel est due la maladie de l'amertume ; incolores dans leur jeunesse, ils acquièrent plus tard une couleur rouge ou jaune, en même temps qu'ils augmentent considérablement en diamétre et que

des sortes de nœuds se forment à leur su-
face de distance en distance. Cette coloration,
cet accroissement en diamètre et ces nœuds
ne résultent pas du développement du parasite, mais sont dus uniquement à la matière
colorante du vin, qui s'incruste peu à peu
tout autour de ce dernier.

Pasteur, ce savant français qui a tant fait
pour la science bacologique, a démontré
qu'en soumettant un vin, ne fût-ce que pendant quelques instants, à une température
d'environ 60 degrés, on tue les parasites
qu'il peut contenir en détruisant la vitalité
de leurs spores. Le vin ainsi traité devient en
quelque sorte inaltérable, pourvu qu'on ait le
soin de le mettre en même temps à l'abri de
toute invasion ultérieure des cryptogames
susceptibles de l'attaquer. Aussi le chauffage
est-il déjà appliqué en grand, comme moyen
de conservation, par un certain nombre de
négociants en vins.

Arpio de gat (griffe de chat). Nom donné
à Grambois à un champignon que je n'ai
pas vu, mais qui d'après la description qu'on
m'en donne paraît être la Clavaire améthyste
(*Clavaria amethystina*, Bulliard).

C'est une jolie plante, violacée ou rosée
violette, fragile, à tronc nul ou petit, à rameaux très-nombreux, cylindriques, lisses;
les ramuscules sont courts, divergents, peu
divisés, obtus à leur terminaison. En vieillissant cette Clavaire prend une couleur brune
et même noire; les spores restent blanches.
Elle vient en automne sur la terre dans les
bois de pins et constitue un comestible délicat. Dans certains départements du midi, la

Clavaire améthyste porte le nom vulgaire de *Maneto flourido*.

AURIHETO. Est à Apt, à Bollène et à Valréas, le Pleurote du Chardon Roland (*Pleurotus eryngii*, Fries), agaric très estimé et qui croît en octobre et novembre sur les racines mortes du Panicaut. Ailleurs, il porte le nom de *Berigoulo*. Voir ce mot.

A Bonnieux, Ménerbes et Oppède, on appelle aussi *Auriheto* un agaric fort estimé — que je ne connais pourtant pas — mais qui n'a, paraît-il, rien de commun avec celui du Panicaut. Il est extrêmement parfumé et son odeur a une certaine ressemblance avec celle de la fève tonka. Cet arome se développe surtout à la cuisson, qualité commune avec l'espèce de champignon nommée à Apt, *Pecout blu* ou *Péd blu*.

Enfin, à Sérignan, c'est la Chanterelle comestible (*Cantharellus cibarius*, Fries) qui est ainsi désignée. Voir *Geriho*.

AURIHETO BLUIO (bleue). Tel est le nom donné dans les environs de Cavaillon à la variété lilas du Tricholome nu (*Tricholoma nudum*, Fries, *var. lilaceum*). Elle vient sur la terre, surtout dans les bois de pins. Cet agaric constitue un manger très-délicat et pourtant en Provence, on ne connaît presque pas ses propriétés alimentaires.

AURIHETO DE KERMÈS. Désigne à Cavaillon, la Chanterelle comestible (*Cantharellus cibarius*, Fries), espèce excellente et trop peu connue. A Lambesc (B.-du-Rhône), on la nomme *Auriheto jauno*; ailleurs, elle porte le nom de *Geriho*. Voir ce mot.

AURIHETO JAUNO. Est à Cavaillon le nom donné à la Crépidote à feuillets jaunes (*Crépidotus crocco-lamellatus*, Letellier), agaric à lamelles rudes, comme l'appelait Decandolle. Elle vient sur les souches de pins coupés ras de terre. Comestible ; très peu délicate à cause de l'odeur de résine dont elle est imprégnée.

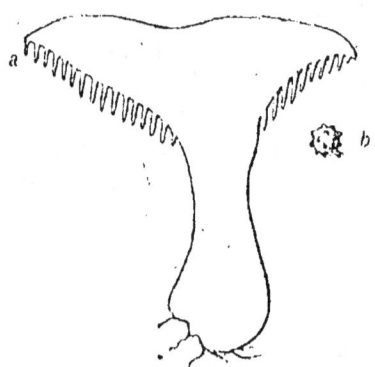

Fig. 9, (a) coupe d'un Hydne, (b) Une spore isolée.

AURIHETO SPINOUSO. S'applique à Sérignan, à l'Hydne sinué *(Hydnum repandum*, Linné), espèce excellente et dont je fais personnellement une grande consommation. D'une façon générale, tous les Hydnes sont comestibles ; mais quelques-uns sont trop coriaces pour être mangés, et tous ont besoin d'être bien cuits pour que leur digestion en soit facile. Dans les montagnes de Vaucluse, on utilise les espèces ligneuses pour le chauffage. Le qualificatif *spinouso* est justement appliqué, car ces champignons, au lieu d'avoir des lamelles comme les agarics ou des pores comme les bolets, présentent des aiguillons coniques ou cylindriques dans lesquels sont contenues les spores qui doivent perpétuer l'Hydne. Les noms de *Bouret grataïre* et de *Ratino,* donnés à ces végétaux dans les Basses-Alpes et les Bouches-du-Rhône, ont la même origine.

AURmo (oreille). Désigne, dans quelques communes des environs d'Apt, la Génée verruqueuse (*Genea verrucosa,* Vittadini). Voir *Picho mourre de chin.*

B

BARBO DE BOUC. Désigne, indistinctement à Apt, les différentes sortes de Clavaires, genre

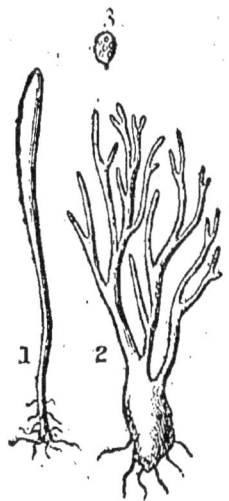

Fig. 10, (1) Clavaire simple, (2) Clavaire rameuse, (3) une spore isolée.

représenté en Provence par au moins seize espèces. Les unes sont coriaces et ne peuvent être consommées; les autres sont comestibles et leur valeur alimentaire varie avec l'âge. Dans les Basses-Alpes on fait aussi intervenir l'exposition ; ainsi on vous dira que toutes les Clavaires qui croissent au nord de la montagne de Lure sont mauvaises et les autres sont bonnes. Ce serait un fait botanique aussi curieux que désagréable à vérifier. Voir *Ferigouleto*.

BARIGOULO. Les agarics — champignons dont le dessous du chapeau porte des lamelles — sont de beaucoup les plus usités comme aliments et partant les plus connus. On les désigne à Apt, sous le nom générique de *Barigoulo* ou de *Bouret* en faisant suivre ce vocable du nom de la plante ou de l'arbre auprès desquels ils viennent d'ordinaire. Cependant quelques-uns doivent à leur forme ou à leur couleur une désignation spéciale.

BARIGOULO DE BOUIS. Je n'ai pas vu l'espèce qui porte ce nom. Mon gracieux correspondant de Cavaillon, M. Bertrand Fernand, jeune botaniste tout dévoué à la science, me la définit « un *bolet* à pédoncule bleu, qui vient, dans la haute plaine du Luberon, dans les terrains non boisés, en septembre et octobre». Il est très probable que c'est le Tricholome améthyste (*Tricholoma amethystinum* , Quélet), dont il est ici question ; la couleur du pied et le lieu où il pousse semblent le prouver. Voir *Péd blu*.

BASAN. Serait dans les environs d'Apt, d'après M. H. Bonnet, le nom donné à la Balsamie vulgaire (*Balsamia vulgaris*, Vittadini), espèce encore nommée *Blancan, Mour-*

re de chin jaune ou rouge, Rabasso rouge.
Voir *Blancan*.

BAVARÉU (qui bave, qui écume , qui est
gluant) telle est l'appellation usitée à Vitrol-
les pour désigner l'Hygrophore gluant (*Hygrophorus limacinus*, Scopoli), espèce mangée journellement dans les Bouches-du-Rhône, où elle est assez estimée. Elle porte
d'autres noms provençaux tels que *Bavouo,
Bavouso* (Lambesc) *Mourvelous* (Marseille),
Limounous (Apt, Pertuis), etc... qui tous font
allusion à la surface visqueuse du chapeau
de cet agaric. Voir *Mourragat*.

BERIGOULO. Dans la plus grande généralité des cas, ce nom vulgaire désigne le
Pleurote du Chardon Roland (*Pleurotus eryngii*, Fries), mais à Gigondas c'est la Morille
commune (*Morchella esculenta*, Persoon) qui
est ainsi appelée. Voir *Pangoro*.

Le Pleurote du Chardon Roland porte au
moins une cinquantaine de noms patois.
Ce qui prouve que partout où ses propriétés alimentaires sont connues on le met
à contribution pour la table et on le dénomme.
Il constitue en effet un manger délicat et il
n'a pas besoin d'être soumis à l'ébullition
préalable. Sur les points où il est abondant,
on en fait des conserves.

Cet agaric vient en automne dans les terrains sablonneux et secs, sur les racines mortes du chardon Roland ou Panicaut. Sa
caractéristique est : Chapeau charnu, subto-
menteux quand il est jeune, glabre, sec, tenace, arrondi ou irrégulier, puis plan et même
un peu déprimé, les bords sont roulés en des-

sous ; feuillets blanc-carné, peu nombreux, larges, espacés, aigus aux deux extrémités, s'avançant sur le pied ; celui-ci est excentrique, presque latéral, rarement central, souvent courbé, plein, blanc et tomenteux à la base où il est atténué.

La coloration du chapeau, noirâtre supérieurement, contrastant avec la blancheur des feuillets, explique la dénomination vulgaire qu'il porte à Allauch, *Moureto blanco*, deux mots qui semblent s'exclure.

Le plus souvent cet agaric est mangé cuit sur le gril, assaisonné de sel, de poivre et d'huile ; d'autres fois, on le prépare au fond de la marmite et le nom *à la Berigoulo* n'aurait pas d'autre origine :

> Berigoulo
> Sauto à l'oulo,
> S'as fa toun trau
> Au pèd doù Panicaut.

BERIGOULO A FLOT. Est un des nombreux noms que porte à Cavaillon le Tricholome améthyste, (*Tricholoma amethystinum*, Quélet). Voir *Pèd blu*.

BERIGOULO D'AVELANIÉ. Est à Cavaillon le Tricholome argyracé (*Tricholoma argyraceum*, Fries), espèce à chair mince, fragile et blanche ; odeur peu agréable, quoique faible. Comestible sans valeur.

BERIGOULO-PANICAU. Est le Clitocybe des bords des routes (*Clitocybe rivulosa*, Fries), à chair blanche, compacte ; odeur agréable ; saveur douce. Se vend très-bien à Cavaillon et se trouve presque toute l'année du côté de Lamanon et d'Eyguières.

BESSINO DE LOUP. Est à Vaison, le Rhizopogon rougeâtre (*Rhizopogon rubescens*, Tulasne). Voir *Vessino de loup*.

BLAD COURNU. Maladie parasitaire due à
un champignon, le *Claviceps purpurea*, Tulasne, qui se développe pendant les années
pluvieuses sur les épis de quelques céréales
notamment du seigle. Voir *Segue cournu*.

BLANC (le blanc). Sous ce nom on désigne
dans plusieurs communes du département,
une maladie due à un champignon qui attaque les feuilles des melons et des courges
et compromet fortement la récolte. C'est peut
être le *Sphærotheca Castagnei*, Leveillé, qui
est la cause de cette maladie.

On observe également dans la région d'Apt
un autre Sphærotheca qui vit sur les rosiers
et produit sur ces arbustes une sorte de revê-
tement blanc, au milieu duquel apparaissent
ensuite des points et des taches de couleur
brune. Ce parasite est connu sous le nom
d'*Oidium leucoconium*, Desm. aux premiers
degrés de son développement, et sous celui
de *Sphærotheca pannosa*, Léveillé, quand il
est parvenu à son état le plus parfait. Il s'é-
tend et se propage très rapidement et les fâ-
cheux effets n'en sont que trop fréquents.
Sur les rosiers qu'il a envahis les fleurs se
développent mal ou avortent presque entièrement. Toutes les variétés n'y sont pas également sujettes, et certaines d'entre elles en
sont atteintes à peu près annuellement.
Heureusement le soufrage est un excellent
moyen pour combattre le *blanc* des rosiers
aussi bien que l'oïdium de la vigne.

D'autres champignons attaquent égale-

4

ment les rosiers tel est, l'*Asteroma radiosum*, Fries, qui apparaît sous forme de taches d'un brun grisâtre sur la face supérieure des feuilles, et ne vit pas entièrement à la surface des organes comme le fait le *blanc*, mais enfonce ses filaments dans l'intérieur des tissus : aussi la lutte contre ce parasite devient très difficile. La maladie causée par lui porte, en Allemagne, le nom un peu vague de *brûlure*.

Enfin le *Cæoma miniatum*, Bon. (*Phragmidium subcorticium*, Wint.) se développe rarement sur les feuilles, mais fréquemment sur leur pétiole, ainsi que sur les pédoncules, et le calyce des roses, sous forme de saillies plus ou moins arrondies et de couleur rouge orangé, c'est principalement sur les tiges d'un ou de deux ans que se montrent ces productions cryptogamiques.

Je renvoie les personnes qui voudraient faire une étude plus complète de la question, au mémoire original paru dans *Wiener illustrirte Garten-Zeitung*, 7e cahier p. 294, année 1885, dans lequel M. F. de Thumen s'occupe de *quelques maladies des rosiers*.

Il n'y a presque pas de végétaux vivants qui ne soient la proie des champignons. Il y a là bien des pages intéressantes à écrire et j'ai ramassé beaucoup d'observations que je compte utiliser un jour.

BLANCAN. Nom donné aux Agnels, près d'Apt à la Balsamie vulgaire *(Basalmia vulgaris*, Vittadini), espèce immangeable à cause de son odeur forte, spermatique, des plus désagréables surtout quand le champignon entre en décomposition ; voisine des Truffes dont elle est loin d'avoir la valeur commerciale. M. de Ferry de la Bellone l'a récoltée en abondance prés de l'aven des Martins (Gordes) et à Croagnes, en Octobre et Novembre dans les Truffières artificielles qui ne sont pas encore en rapport de bonnes truffes. La production de la Balsamie vulgaire, dit ce savant observateur, est loin d'être uniforme et certaines années on a quelque peine à en récolter.

BOUFARÈU. Voir *Bouissan*.

BOUISSAN. Est le nom que quelques *ratas siers*, (chercheurs de truffes) des environs d'Apt donnent à la Génée verruqueuse (*Genea verrucosa* Vittadini.) Voir *Pichot mourre de chin*.

BOULET. Ce nom est abusivement appliqué à un assez grand nombre de champignons et le sens qu'on lui attache est fort différent. Ainsi Honnorat appelle *Boulet* tous les champignons, bons à manger, tandis que M. Mistral dans son *Tresor dou Felibrige* dit : « nom commun à plusieurs espèces de champignons, notamment aux agaries du saule, du mûrier, à ceux du fumier et généralement à tous ceux véiéneux. »

A Avignon par *Boulet*, on désigne le Pleurote du Panicaut (*Pleurotus eryngii*, Fries). Voir *Berigoulo*. Dans les Alpes-Maritimes, c'est le Bolet à pied rouge (*Boletus erythropus*, Persoon) qui porte ce nom. Sur d'autres points de la Provence cette dénomination vulgaire indique le champignon ordinaire ou champignon de couche. Voir *Negroun*.

Scientifiquement les Bolets constituent un
genre de Basidiomycètes dont les principaux
caractères sont : chapeau charnu, horizontal, hémisphérique ou plan-convexe, dont la
face inférieure est munie de petits tubes verticaux, cylindriques et anguleux, faiblement
rattachés ensemble, mais non solidement
réunis au chapeau et pouvant par cela même
en être facilement séparés ; pied central,
charnu.

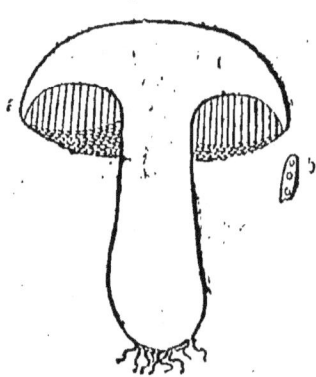

Fig. 11, (a) Coupe d'un bolet, (b) Spore isolée.

Les espèces de ce genre sont nombreuses, la
France n'en compte pas moins d'une soixan-
taine ; elles sont assez difficiles à distinguer
les unes des autres. Les Bolets vivent presque exclusivement sur le sol, car on n'en
connait qu'un qui croît en parasite sur d'autres champignons. Ils sont très putrescibles
et leur richesse en azote étant considérable
on ne saurait trop en conseiller l'usage comme engrais.

Au point de vu alimentaire, ces végétaux
sont intéressants car beaucoup de Bolets
sont comestibles ; quelques-uns même com-

me le Potiron ou Bolet édule (Voir *Cépo*)
constituent la base d'un commerce important
et jouent un rôle assez grand dans notre
alimentation. Peu d'espèces sont vénéneuses,
mais il en est un assez grand nombre de
suspectes et dont les qualités alibiles sont
encore assez mal connues. Il est donc néces-
saire de s'en tenir à celles dont les propriétés
comestibles ont été bien établies.

D'une façon générale, on devra bannir de
l'alimentation tous les Bolets dont les tubes
sont à orifice rouge ou orangé et ceux dont
la chair à la cassure, devient plus ou moins
promptement bleue, noirâtre ou verdâtre.
Dans tous les cas, les tubes et la peau du
dessus du chapeau doivent être rejettés.

BOULET BLANC. Désigne à Sault la Pratelle
champêtre *(Pratella campestris*, Fries), agaric
qui croît surtout en automne dans toutes
sortes de terrains, dans les bois peu couverts,
dans les bruyères, les friches, les paturages,
etc... Il se vend dans cette commune à raison de cinquante centimes le kilog. C'est cette
espèce que l'on cultive partout au moyen du
blanc de champignon, c'est aussi celle dont
on fait le plus souvent usage soit comme aliment, soit comme condiment. Voir *Negroun*.

A Sérignan c'est l'Amanite ovoïde (*Amanita ovoïdea*, Fries), que l'on nomme *Boulet
blanc*. Voir *Coucoumello*.

BOULET ROUGE. Est à Sault l'Amanite
Oronge (*Amanita Cæsarea*, Fries), fort belle
espèce de couleur jaune orangé. Dans le jeune âge, elle est entourée par une membrane
nommée volve ordinairement très-blanche
qui lui donne l'aspect d'un œuf. Cette Ama-

nite est fort estimée, et cela depuis les
temps anciens ; les épithètes de *cibus deorum*
(mets des dieux), de *fungorum princeps et
dominus* (le premier et le plus délicat des
champignons), et son nom même *d'agaricus*

Fig. 12. Amanite Oronge.

Cœsareus (agaric de César), sont là pour
l'attester. Le poëte Martial disait qu'on pourrait plutôt se passer d'or et d'argent que de
se priver de ce champignon.

À Sault où cette espèce est très-estimée on
la vend environ cinquante centimes le kilog.
Elle est essentiellement silicicole et on ne la
trouve guère que dans les bois montueux où
croissent des châtaigniers ou des chênes. On
la rencontre en septembre et en octobre sur
tous les marchés des grandes villes.

Boulet rouge di mari (champignon rouge
des mauvais) tel est le nom que porte à Sault
l'Amanite tue-mouches *(Amanita muscaria,*
Persoon). Cette magnifique espèce doit son

nom spécifique à l'action funeste qu'elle exerce sur les mouches. Ces insectes vont se poser sur ce champignon, dont l'odeur les attire, mais ils n'ont souvent pas le temps de s'envoler et meurent sur place ; on utilise en Russie cette propriété. L'action sur l'homme et sur les vertébrés supérieurs est naturellement moins prononcée, c'est ainsi que Bulliard a pu manger deux onces de cet agaric sans inconvénient. L'ébullition prolongée

Fig. 13, Amanite Tue-mouches.

fait disparaître le principe nocif, aussi l'espèce qui m'occupe est-elle consommée en Russie et sur certains points de la France.

En Provence, la Fausse Oronge est assez rare, et on ne l'a guère signalée que sur quelques points de la région. Prise en assez grande quantité, elle agit sur le système nerveux en produisant le plus souvent une sorte d'ébriété. Les Kamtschadales, peuplade de la Sibérie orientale, en retirent une boisson fermentée avec laquelle ils se grisent, et comme les propriétés enivrantes sont transmises à l'urine de l'ivrogne, il en résulte que celle-ci est précieusement recueillie et peut servir ainsi plusieurs fois à produire l'ivresse convoitée.

On se gardera de confondre cette espèce avec l'Oronge, comestible délicat, qui a certains points de ressemblance avec elle, la couleur de la partie supérieure du chapeau notamment, mais qui s'en distingue à première vue, par la couleur jaune des lamelles et du pied.

BOULET SELOUN. Dénomination qui a cours à Bollène pour désigner un champignon « *blanc et gris* » réputé comestible mais dont je n'ai pu me procurer aucun exemplaire. Est donc à voir et à déterminer.

BOULET SOUNOUS. Désigne le Lactaire délicieux (*Lactarius deliciosus*, Fries), agaric qui se vend sur les marchés de Cavaillon jusqu'à 1 fr. 50 le kil. Voir *Pignen*.

BOUNET DE CAPELAN. (bonnet de prêtre). Désigne dans Vaucluse deux champignons bien différents: 1.º à Avignon, c'est l'Helvelle, en mitre (*Helvella mitra*, Schæffer) qui porte ce nom à cause d'une ressemblance qui existerait entre ce champignon et le bonnet carré des ecclésiastiques. Cette espèce n'est pas rare dans les petites îles des bords du Rhône.

2° à Cavaillon, on désigne ainsi la Pezize en colimaçon (*Peziza cochleata*, Linné), appelée *Goubelet* (verre) à Lambesc et *Cruvèu d'uou* (coquille d'œuf) à Carcès, dans le Var.

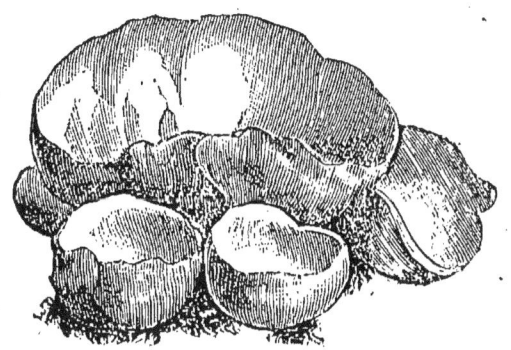

Fig. 11. Groupe de Pezizes.

Les Helvelles et les Pezizes de notre région sont comestibles; plusieurs constituent même un mets fort délicat.

Bousò-de-vaco. Indique à Bollène un champignon considéré comme vénéneux, qui croît sous les chênes blancs. Je ne l'ai jamais reçu et ne puis me prononcer ni sur la place qu'il doit occuper dans la série de ces êtres, ni sur ses propriétés.

Boussarillo. Égale *Bouissan*. Voir ce mot.

Brus. Tel est le nom donné à Sérignan au clitocybe très-grand (*Clitocybe maxima*, Fries), espèce dont le chapeau blanc ou jaune de peau, mesure une dizaine de centimètres de diamètre. Sa chair est blanc-jaunâtre, son odeur forte, pénétrante. Cet agaric croît en automne dans les bois de bruyères, d'où son nom vulgaire *lou dou brus* (le champignon de la bruyère). Comestible très estimé.

C

CAIÉ, CAIÉTO, CAIEOU. On appelle ainsi dans les environs d'Apt, la Truffe musquée (*Tuber moschatum*, H. Bonnet), espèce à verrues fines et à marbrures larges. Elle vient un peu plus tard que la Truffe d'hiver et que la Truffe à chair noire et finit un peu plus tôt. Elle est connue à Carpentras sous le nom de *Truffe-forte.*

Bien qu'on la trouve un peu partout, elle affectionne pourtant certains quartiers, la plaine de St-Saturnin-les-Apt par exemple. On la repousse des marchés à cause de son odeur musquée qui est extrêmement pénétrante et dominerait dans les conserves celle des bonnes truffes.

CAPÉU DE GENDARMO (chapeau de gendarme). Désigne à Valréas l'Helvelle en mitre (*Helvella mitra*, Schæffer) espèce comestible croissant dans les lieux humides. Dans cette commune on considère ce champignon comme vénéneux, mais rien ne justifie cette manière de voir.

CARBOUN, CARBOUNA, CARBOUNOUS. Est le nom qui sert à désigner dans presque toute la Provence, la maladie produite par un champignon l'*Ustilago carbo*, Tulasne. Ce parasite donne une couleur noirâtre aux végétaux

qu'il envahit, de là son nom de charbon. Il
se développe particulièrement dans l'ovaire
des graminées, où il prend la place de l'ami-
don qui devait s'y former. Il détruit donc la
graine, et aussi les glumes et les glumelles ;
souvent même il attaque les feuilles et la
tige. Le blé est sa plante favorite, mais il ne
dédaigne pas l'avoine, le seigle, etc.. Les années pluvieuses lui sont particulièrement fa-

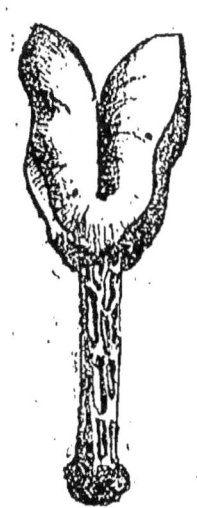

Fig. 15. Helvelle ou mitre.

vorables. L'usage des céréales attaquées par
le charbon ne semble pas avoir de graves
inconvénients pour nos animaux domesti-
ques. Pourtant les spores de ce parasite intro-
duites dans le torrent circulatoire amèneraient,
dit-on, des embolies et, égarées dans les voies
respiratoires, elles produiraient une bronchite
assez intense ou même une pneumo-coniose.
Telle est du moins l'opinion des Allemands.
On a enfin observé une bronchite particulière

Fig. 15. Epi de blé atteint du charbon.

qui sévirait chez les batteurs en grange occupés pendant l'hiver à dégager les grains de leur épi.

Le maïs présente quelquefois un Charbon particulier dû à une espèce voisine, l'*Ustilago Maydis*, Tul. qui occasionne sur cette plante des tumeurs atteignant parfois la grosseur du poing et remplies des spores du parasite.

Il est à peine besoin de faire observer qu'il ne faut pas confondre le Charbon des plantes avec le Charbon de l'homme ou des animaux, ces deux affections étant trop distinctes pour que la confusion soit possible.

CARIO (carie). Maladie des céréales causée par le *Tilletia caries*. Ce parasite, n'affecte jamais que l'ovaire, surtout du blé ; les blés communs en sont moins souvent atteints que les blés barbus, les épeautres et les blés durs. Les sujets affectés par la carie sont le plus ordinairement pâles et maigres, comme ceux dont l'épi est charbonné, mais il est rare que tous les grains d'un même épi soient atteints. Les grains malades augmentent d'abord de volume, puis s'atrophient, se rident et prennent une couleur brune; si on les brise, on les trouve remplis d'une matière noire, onctueuse et fétide, rappelant l'odeur du poisson de mer. Pour reconnaître la carie dans un grain, il suffit de mettre celui-ci dans l'eau, il nage s'il est atteint par cette maladie.

Si le blé carié est employé aux semailles, il donne un quart de grains cariés, ce grain diminue la valeur commerciale des grains non cariés, parce qu'au battage les spores de la carie se fixent sur ces derniers; les grains ainsi salis sont dits *mouchetés*. Si on lave ces grains, l'eau gagne le principe de la carie et le communique au fumier sur lequel on la jette ; ce fumier le transmet à son tour à la terre dans laquelle on l'enfouit et par suite aux récoltes. La carie ne semble pas avoir de propriétés malfaisantes sur l'homme ni sur les animaux.

Les moyens mis en usage pour détruire la faculté végétative des spores de la carie et du charbon, consistent à faire tremper les grains, avant de les semer, dans un liquide dont la composition varie selon les pays ; en France, les cultivateurs emploient un lait de chaux, additionné de sel marin ; quelques uns se servent d'une dissolution de sulfate de cuivre, de potasse, de soude ou d'une lessive de cendres de bois frais. Dans tous les cas, il est indispensable, lorsqu'un champ a été envahi par le charbon ou par la carie, de substituer à la culture des céréales, celle d'une plante d'une autre famille : choux, betteraves, luzerne, trèfle, sainfoin, etc, car les champignons qui affectent les céréales, ne pouvant vivre qu'aux dépens de ces végétaux, disparaissent d'une terre qui a été cultivée, une ou deux années, en plantes autres que les graminées.

Aux personnes qui voudraient faire une étude plus approfondie de ces intéressantes questions nous ne saurions trop recommander la lecture du remarquable travail de M. Granel : *L'ergot, la rouille et la carie des céréales.*

Cepo. Désigne à Sault le Bolet édule (*Boletus edulis*, Bulliard), espèce universellement

estimée et que l'on trouve sur tous les marchés;
c'est elle que les épiciers vendent toute l'année soit à l'état sec, soit en conserves. Dans
les Basses-Alpes où on le connait sous le
nom de *Pataflou*, c'est par charretées qu'on
l'expédie à Marseille. A Sault ses propriétés
alimentaires sont si peu connues que l'instituteur M. Brunel, est à peu près le seul qui
le recueille pour la table ; il en fait de bonnes
provisions pour l'hiver et le déclare excellent.

Le Bolet édule croit en septembre et en
octobre dans les bois de chênes, les bruyères,
etc. Son pied ordinairement gros et renflé
vers la base justifie son nom vulgaire *(lou
cèpo)* qu'on lui donne à Sault et le nom français de *Cèpe* ou *Ceps* qu'il porte dans tout
le midi, mais notamment à Bordeaux.

CHAMPIGNOUN D'AMOURIÉ , D'AUBRESPIN ,
D'AUBO, DE PIBOULO, DE TOUSCO. Est l'Armillaire couleur de miel (*Armillaria mellea*,
Fries), espèce vivant par groupes nombreux au pied de la plupart des arbres de
de notre région. Je l'ai reçue des différents
points de la Provence et c'est par elle que
mes gracieux correspondants commencent
leurs envois; je suis donc autorisé à la
considérer comme communément répandue.
Les qualités comestibles de cet agaric ont
été fort discutées : excellent pour les uns,
très dangereux pour les autres. En réalité il
est inoffensif, mais sa chair cuite est mollasse
et gluante ; aussi ne constitue-t-elle qu'un
mets fort médiocre.

Il n'est guère utilisé en Provence ; on le
mange dans le Languedoc et ce serait
même le champignon comestible le plus

souvent vendu sur les marchés autrichiens. Par contre, cet agaric ne serait pas en grande estime dans la Grande-Bretagne, si j'en juge par les qualificatifs de « nauséabond et désagréable » que lui donne le botaniste Badham. Cet observateur ajoute que « sa seule recommandation est de ne point être vénéneux ». L'Armillaire couleur de miel se vend sur les marchés de Cavaillon 0,25 le kilog. *quand elle se vend.*

CHAMPIGNOUN D'ARMAS. Dénomination usitée à Sérignan pour désigner le Pleurote du Panicaut (*Pleurotus eryngii*, Fries). *D'armas*, indique les plateaux cailloutex, incultes, où il végète; c'est là que prospère le Panicaut (*Eryngium campestre*, Linné), et par suite l'agaric qui croît sur ses vieilles souches. La *Berigoulo* est donc ici désignée par l'appellation du terrain où cette espèce se trouve d'habitude. Voir *Darmas.*

CHAMPIGNOUN DE CANIÉ. M. Fabre fils, pharmacien à Pertuís, me donne ce nom vulgaire qui a cours dans les environs de cette ville, mais sans m'envoyer l'espèce qui porte cette dénomination. Je crois pourtant que c'est l'Armillaire couleur de miel qui est ainsi désignée. Est à vérifier.

CHAMPIGNOUN DE CIPRÈS. Désigne à Cavaillon la Flammule picrée (*Flammula picrea*, Fries), espèce d'agaric à chair jaune qui vient en touffes sur le tronc des cyprès et des pins. Elle passe pour comestible, mais il vaut mieux la délaisser, car en thèse générale toutes les Flammules sont suspectes.

CHAMPIGNOUN DE L'OULIBIÉ, (C. de l'oli-

vier). Nom donné dans la région provençale au Pleurote de l'olivier (*Pleurotus olea-
rius*, Fries), espèce vénéneuse fort abondante après les pluies de l'automne; elle
croît par touffes sur les vieilles souches de
l'olivier et de bien d'autres arbres. Les
feuillets de cet agaric sont phosphorescents;
ils luisent dans l'obscurité. Ce phénomène
a été fort bien étudié par un savant naturaliste vauclusien, M. Henri Fabre.

La phosphorescence de cet agaric a uniquement pour cause une oxydation plus éner-
gique pendant la période lumineuse qu'à
toute autre époque. Elle est l'effet du travail
respiratoire et reconnaît la même cause que
la chaleur dégagée au moment de l'anthèse
par certaines parties de la fleur des phanérogames, principalement des Aroïdées; peut
être n'est-elle qu'un état particulier de cette
chaleur d'origine organique.

Les qualités alimentaires de ce champignon ont été fort discutées. Battara et Letellier le donnent comme comestible; mais la
plupart des mycologues s'accordent à reconnaître qu'il est nuisible. Son ingestion
est bientôt suivie de vomissements intenses
avec vertiges, pandiculations, baillements
fréquents, sueurs profuses, etc... D'ailleurs
sa chair ferme, tenace, son odeur d'huile
rance, sa saveur amère n'engagent guère à
en faire usage.

CHAMPIGNOUN DE MOUFO (mousse). J'ai reçu
sous ce nom un lot d'agarics composé de
1. Mycène rugueuse (*Mycena rugosa*, Fries),
2. Clitocybe blanc d'ivoire (*Clitocybe dealbata*,
Fries); 3. Inocybe fendu (*Inocybe rimosa*,

Fries); 4. Hypholome appendiculé (*Hypholo-ma appendiculatum*, Fries); 5° et une Corti-naire trop avancée pour être déterminée. Toutes ces espèces sont comestibles. Elles me venaient de Cavaillon.

CHAMPIGNOUN DE PANICAU. Désigne à Sault, le Pleurote du chardon Roland (*Pleu-rotus eryngii*, Fries), espèce fort appréciée dans cette commune, comme du reste par-tout où elle est connue.

Cet agaric est plus particulièrement appelé *Berigoulo*, dans presque toute notre région. C'est de lui qu'il est question dans la belle chanson du *Soleil de la Provence* :

> Per te veire la piboulo
> Toujour mounto que pus aut
> E la pauro berigoulo
> Créis au pèd dou panicau.

CHAMPIGNOUN DE PIN. Est à Vaison, le Lac-taire délicieux (*Lactarius deliciosus*, Fries), espèce justement appréciée dans toute la Provence ; aussi la voit-on sur la plupart de nos marchés. Voir *Pignen*.

CHAMPIGNOUN DE SAUSE. Trois espèces co-mestibles portent ce nom : 1° L'Armillaire couleur de miel. V. *Champignoun d'amourié*. 2° Le Lentine tigré (*Lentinus tigrinus*, Fries) charmant agaric qui vient surtout sur les souches pourries du saule et quelquefois de l'orme. 3° La Pholiote ægérite (*Pholiota ægerita*, Fries), à Sérignan. Voir *Piboulen*.

CHAMPIGNOUN DE VERNO (Aulne). Est le nom donné à Pertuis à un agaric que je ne con-nais pas, mais qui doit être la Flammule de l'Aulne *(Flammula ulnicola*, Fries), espèce à

chair amère, de couleur jaune-citron. Elle
vient par touffes de cinq ou six individus sur
le pied de cet arbre. Est à vérifier.

CHAMPIGNOUN GRIS DE PIN. Désigne à Cavaillon le Tricholome salero (*Tricholoma salero*, Barla), espèce commune sous les pins
de nos collines et des bois montueux, après
les premières pluies d'automne, jusqu'au
commencement de l'hiver. Chair compacte
assez épaisse, blanche, mais prenant lorsqu'on l'entame une légère teinte rousse ou
rougeâtre ; odeur assez forte, désagréable,
semblable à celle de l'huile d'olive rance ; saveur amère. Comestible peu recherché. A
Cavaillon on le fait sécher pour l'hiver. Dans
les Alpes-Maritimes, on le récolte pour le
conserver dans l'eau, après l'avoir fait bouillir ; ainsi préparé on l'apporte même quelquefois sur le marché de Nice.

CHAMPIGNOUN-SAUSEN. Désigne à Sérignan
la Pholiote ægérite (*Pholiota ægerita*, Fries),
espèce excellente. Voir *Piboulen.*

CHANCRE. Est à Cavaillon le Théléphore
ondulé (*Thelephora undulata*, Fries) de la
famille des Auriculariées. Il vient à terre et
il est trop coriace pour être comestible.

A Nice, par *Ciancre* on désigne le Clathre
cancellé (*Clathrus cancellatus*, Linné), magnifique champignon de la famille des Phalloi-
dées. Il n'est pas rare dans notre région et
pourtant il ne porte aucun nom vulgaire.

Le clathre cancellé ou clathre rouge est
primitivement renfermé dans une sorte de
boule blanche de la grosseur d'une pomme
de moyenne taille, qui se fend ensuite pour

laisser échapper un ensemble de rameaux rouges, charnus, à peu près cylindriques, anastomosés et formant un réseau à larges mailles dans lequel est contenu la pulpe renfermant les spores. Le tout finit par tomber en déliquescence et alors une odeur repoussante est exhalée par la plante.

La plupart des mycologues s'accordent à

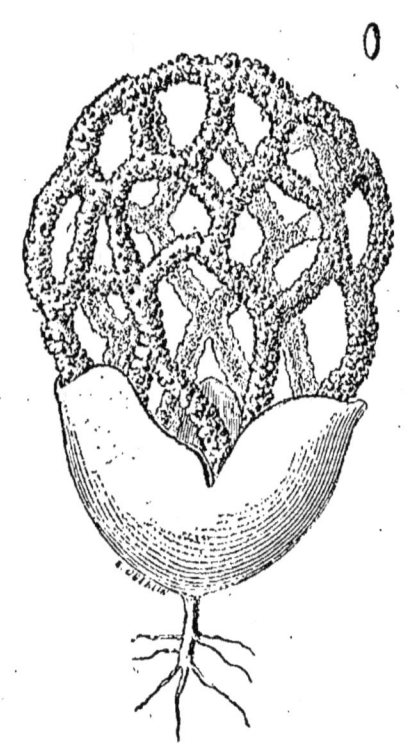

Fig. 17. Clathre cancellé.

déclarer cette espèce comme vénéneuse. Ils s'appuient sur le fait suivant : une jeune personne ayant mangé un morceau de ce champignon, éprouva deux heures après, une

tension douloureuse au bas ventre avec des
convulsions violentes. Elle perdit l'usage de
la parole, et tomba dans un assoupissement qui se prolongea au-delà de quarante-
huit heures. Des soins intelligents parvinrent
à dissiper ces accidents.

Un préjugé curieux a cours dans tout le
midi: on croit qu'il suffit de manier un clathre pour avoir fatalement un cancer nommé
chancre ou *ciancre* en langage vulgaire. Je
ne m'attarderai pas à discuter une pareille
croyance: on ne s'arrête pas à détruire ce
qui n'est pas fondé.

COUCOUMELLO. C'est le nom que porte à
Apt l'Amanite ovoïde (*Amanita ovoïdea*,
Fries) espèce encore appelée Oronge blanche. Elle vit dans les clairières de nos bois,
en petits groupes ; plus rarement elle est solitaire. On la mange à peu près partout.
L'anneau se résout en particules blanches,
ce qui fait paraître le haut du pied comme fa-
rineux et justifie les qualificatifs de *farinet*
et de *farinouso*, donnés dans certaines communes de la Provence.

COUEN (cuisant). Désigne à Apt, la Truffe
bitumineuse à spores rondes (*Tuber bituminosum*, de la Bellone, variété *rotundis
sporis*), espèce encore nommée *Pebra*. Voir
ce mot.

CRESTO DE GAU (crête de coq). Telle est
la dénomination vulgaire que reçoivent à
Sérigna toutes les Clavaires. Voir *Ferigouleto.*

CUCUMELLO. Désigne à Sault, la Lépiote
élevée (*Lepiota procera*, Scopoli), espèce

d'assez grande taille puisqu'elle peut atteindre une trentaine de centimètres de hauteur, alors que le diamètre du chapeau en mesure quelquefois vingt. Le collier (*la bague, l'annéu*) cartilagineux est mobile le long du pied, ce qui suffit à faire reconnaître cet agaric. Chair molle, à odeur de farine, très parfumée.

Cette Lépiote remarquable par son élégance et par les peluchures qui ornent son chapeau et son pied, vient en automne dans les friches des bois montueux. Elle est comestible. On l'apprécie beaucoup sur certains points de la France ; en Provence elle est méconnue et on l'utilise peu pour les besoins de la table.

D

DARMAS. Ce nom désigne dans les environs d'Orange, l'Armillaire rude (*Armillaria scruposa*, Fries), espèce appelée ailleurs *macaroun di prat*. Elle est, paraît-il, fort délicate et très recherchée. Paulet l'a figurée dans son *Traité des champignons*, pl. 143. Elle croît à terre, dans les pâturages et se montre en automne.

Voilà ce que l'on lit dans la plupart des traités *ex-professo*. J'ai fait rechercher ce fameux *Darmas*, mais toutes mes démarches sont restées sans résultat. Je crois pourtant tenir l'inconnu du problème et cela grâce à la judicieuse remarque de M. le docteur Fabre, médecin et mycologue distingué de Sérignan. « Je suis persuadé, m'écrit cet habile observateur, que l'espèce que vous me dîtes être nommée *Darmas*, à Orange n'est autre chose que la *Berigoulo* encore appelée *champignoun d'armas* (champignon de friche).

« Quant au synonyme *macaroun di prat*, il est certainement erroné. Une prairie et un *armas* n'ont rien de commun comme nature de terrain. D'ailleurs les environs d'Orange n'ont aucune espèce comestible venant dans les prairies ; celles-ci sont toutes artificielles et n'ont pour champignon que des espèces vulgaires dédaignées de la cuisine. »

E

Esco (*esca*, aliment, amorce, appât, *Esca vulgo dicitur, quod fomes sit ignis* (Papias Guigo 11). Plusieurs polypores ont été employés pour produire l'*esco* ou amadou, mais de beaucoup les plus usités sont :

1° le Fomes amadouvier (*Fomes fomentarius*, Persoon), à chapeau glabre, fuligineux, puis blanchâtre ;

2° le Fomes combustible (*Fomes ignarius*, Fries), chapeau ferrugineux, noircissant, tomenteux dans le jeune âge.

Les deux espèces vivent sur les vieux troncs, ainsi du reste que tous les Fomes. Elles peuvent donner à l'industrie un principe colorant brun foncé utilisé dans la teinture.

Ces Polypores constituent un remède vulgaire pour arrêter les hémorragies externes, ce moyen était connu des anciens puisqu'ils nommaient celui qui croît sur les chênes : *agaricus sanguinem sistens,* expression que Delille traduit par :

Le puissant agaric, qui du sang épanché
Arrête les ruisseaux, et dont le sein fidèle
Du caillou pétillant, recueille l'étincelle;

Mais on raconte que cette propriété avait été longtemps oubliée, lorsque le hasard l'a remise en honneur. Au milieu du siècle dernier, un bûcheron s'étant donné sur le pied, un coup de cognée, et ne pouvant arrêter le sang qui coulait en abondance, s'avisa de recouvrir la plaie d'un morceau d'agaric qui

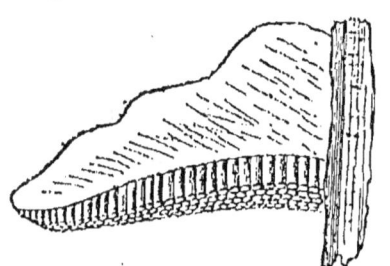

Fig. 18. Coupe d'un Fomes.

se trouvait à la portée de sa main, ce qui le mit en état de retourner chez lui. M. Brossard, chirugien chargé du soin du malade, attira l'attention de ses confrères sur ce fait et *l'agaric des chirurgiens* prit naissance.

Pour fabriquer ce produit on prend des Fomes jeunes, ceux qui présentent le plus de surface, on leur enlève la croûte superficielle et les tubes, on les fait macérer pendant quelque temps dans l'eau, puis on les bat fortement et on les aplatit, ensuite on les fait sécher. Si on veut en faire de l'amadou pour fumeurs, on les trempe dans une dissolution d'azotate de potasse (salpêtre), qui les rend plus aptes à brûler.

L'invention des allumettes chimiques a donné un grand coup à la fabrication de l'amadou. Il est pourtant juste d'ajouter que depuis l'impôt mis sur les allumettes (loi du 2 août 1872) le briquet et l'*esco* ont un regain de popularité parmi nos ruraux. D'ailleurs l'industrie de l'amadou n'a jamais eu grande importance en Provence, et presque tout ce qui s'en consomme, dans notre région, est importé de l'Italie.

ESPOUNGO. Est à Cavaillon, le Bolet granuleux (*Boletus granulatus*, Linné), fort reconnaissable à son pied d'un blanc jaunâtre, granulé et garni vers le haut, de petits points ou *grains* de même couleur, devenant plus foncés. Chair jaune blanchâtre, molle, tendre ; odeur de fruit ; goût agréable. Ce Bolet vient à profusion, après les premières pluies d'automne, sous les pins des collines. Il se montre de bonne heure et c'est, dans notre pays, une des premières espèces qu'il soit donné au mycologue d'observer. Le Bolet granuleux est alimentaire et constitue par son abondance, une réserve nutritive fort appréciée ici, où les habitants des campagnes le recueillent en quantité, le font sécher, pour l'utiliser pendant le restant de l'année. Il est assez estimé et rappelle, par son goût, le Bolet édule.

Dans notre région le Bolet granuleux croît en grande quantité ; or, il est très putresci-

ble et sa richesse en azote étant considérable,
on ne saurait trop en conseiller l'emploi
comme engrais.

F

FERIGOULETO. Désigne dans les environs
de Vaison et d'Orange, la Clavaire dorée
(*Clavaria aurea*, Schœffer), espèce nouvelle
pour la flore provençale et qu'on ne connaissait pas avant nos recherches. A l'instar des
autres Clavaires, elle est comestible. D'une
manière générale les Clavaires sont terres-
tres ; quelques rares espèces viennent pourtant sur le vieux bois et sont alors dites lignicoles ; mais le plus grand nombre vivent
sur la terre humide, parmi les gazons et les
mousses, dans la profondeur des bois épais.

Ces plantes se montrent dans notre région
immédiatement après les pluies de l'été. Elles
sont recherchées pour la table, car elles sont
toutes inoffensives ; leur valeur alimentaire
varie avec les espèces et surtout avec l'âge
des individus. On les mange ou en omelettes,
ou en salades. Roques, le Brillat-Savarin
des champignons indique, aussi la préparation suivante : « les Clavaires étant mondées,
lavées à l'eau tiède et parfaitement égouttées,
on les fait cuire avec du beurre, du persil,
un peu de ciboule, du gros poivre et du sel ;
lorsqu'elles sont cuites, on y ajoute de la
crême et des jaunes d'œufs. Pour les rendre

plus moelleuses, on peut les nourrir, pendant la cuisson, avec quelques cuillérées de consommé ou de bouillon.

On les mange également avec toutes sortes de viandes. A Vienne, en Autriche, on les fricasse avec du beurre, et on les aromatise avec du basilic. Nos ruraux les font simplement cuire avec du saindoux et un peu de sel. » Dans certaines contrées de l'Europe on les confit dans le vinaigre, après les avoir passées à l'eau bouillante et on les utilise à la manière des cornichons.

FLOUR DOU VIN (fleur du vin). Est le nom que porte à Apt, le mycoderme du vin (*Mycoderma vini*, Pasteur), champignon qui se trouve mélangé à des bactéries et au *mycoderma aceti* sur le vin rouge, surtout additionné d'eau. Mais la croissance du mycoderme du vin étant plus prompte, dans cette condition, le mycoderme du vinaigre est étouffé. Ce serait le contraire si au vin on ajoutait un peu d'acide acétique. On a là un moyen commode de se procurer du vinaigre.

G

GALINETO (*galino* poule, *eto*, diminutif : petite poule). Tel est le nom que porte à Valréas un champignon que je n'ai pas vu, mais qui est très probablement la Clavaire en grappe (*Clavaria botrytis*, Persoon), dont la souche charnue, très épaisse, blanchâtre, se

divise en rameaux courts, inégaux ; ceux-ci
se subdivisent à leur tour en ramules dont la
nuance varie de l'incarnat au rose et que l'on
a comparés à la crête du coq.

L'épithète de *plebeja*, *plébienne*, donnée à
cette espèce par Jacquin indique assez qu'elle
est d'un usage vulgaire.

Fig. 19. Clavaire en grappe.

Enfin j'ai reçu de différents points du département et sous le nom de *Galineto*, la Clavaire jaunâtre (*Clavaria flava*, Persoon), espèce dont la légère amertume disparaît
promptement par la cuisson. Elle fournit
une nourriture saine et de facile digestion ;
aussi cette Clavaire est-elle fort estimée et
utilisée partout où on la rencontre. M. Planchon nous apprend qu'à Alais, on en fait une
grande consommation.

GERMO. Désigne la Chanterelle comestible
(*Cantharellus cibarius*, Fries), agaric couleur jaune d'œuf à feuillets rameux, obtus
sur le tranchant dont le pied central s'élargit
vers le haut pour se confondre avec le cha-

peau. La chair est blanche, un peu fibreuse,
à odeur agréable, à saveur douce légèrement
piquante.

Cette espèce croît en automne sur la
mousse de nos bois, parmi les taillis de
chênes, par groupes plus ou moins nombreux.
Elle constitue un manger assez délicat, mais
dans notre région peu de personnes la connaissent; elle est donc peu cueillie. On peut
la dessécher afin de la conserver pour l'hiver; elle acquiert alors une odeur particulière
très agréable et sert d'assaisonnement pour
parfumer les ragoûts. Quelquefois on la place,
à la manière des olives, dans des jarres
d'eau salée.

GISCLAÏRE. Est à Cavaillon le nom donné
à l'*Utraria saccata*, (Fries), lycoperdacée
qu'il ne faut pas confondre avec la *Vessino*

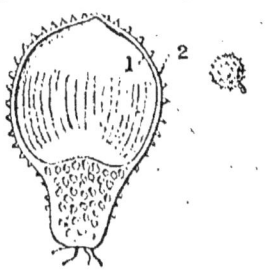

Fig. 20. Coupe d'un Utraria.

de *loup*, de la même région. Il est comestible étant jeune, mais ne se vend pas. A maturité complète, il laisse échapper une poussière brune, ressemblant à de la fumée ce qui
justifie ses noms vulgaires de *Gisclaïre* et de
tubet, cette dernière appellation a cours dans
les Bouches-du-Rhône. Cette fumée est constituée par les spores, organes normaux de la

reproduction dans tous les champignons. Ces spores en germant donnent naissance au mycélium, d'où émanera le champignon proprement dit. Elles sont considérées par nos ruraux, comme une sorte de panacée propre à guérir les plaies et les brûlures.

GRAISSO DOU VIN. Les vins atteints de la maladie appelée *graisse* sont dits eux-mêmes vins gras, vins huileux ou filants ; ils perdent leur limpidité naturelle, deviennent fades, et filent comme de l'huile lorsqu'on les transvase. Cette altération, rare dans les vins rouges, mais fréquente dans les vins blancs est le résultat d'une fermentation qu'occasionne la présence d'un champignon encore peu connu. Il forme des filaments plus ou moins nombreux, qui, examinés au microscope, se montrent composés de globules sphériques placées bout à bout en forme de chapelet.

GRIS-DE-PIN. Egale *Champignoun-gris-de-pin*. Voir ce mot.

GRISET. Désigne à Apt, la variété grise de l'Amanite vaginée ou engaînée (*Amanita vaginata*, Lamarck) qui est surtout estimée, au point que Badham assure que peu d'agarics la surpassent en parfum. Dans tous les cas elle est bien supérieure à l'Oronge blanche, sa proche voisine. Cette Amanite est très appréciée à Bonnieux, où elle est récoltée et mangée. Son nom vulgaire lui vient de sa couleur *grise satinée*.

GRIS PICOUTA (gris tacheté). Tel est le vocable sous lequel on désigne à Sérignan,

l'Amanite panthère (*Amanita pantherina*,
Krombh.), espèce des plus toxiques parmi
les champignons de notre région : elle tient
le milieu entre l'Amanite bulbeuse ou la vénéneuse, qui sont plus dangereuses qu'elle,

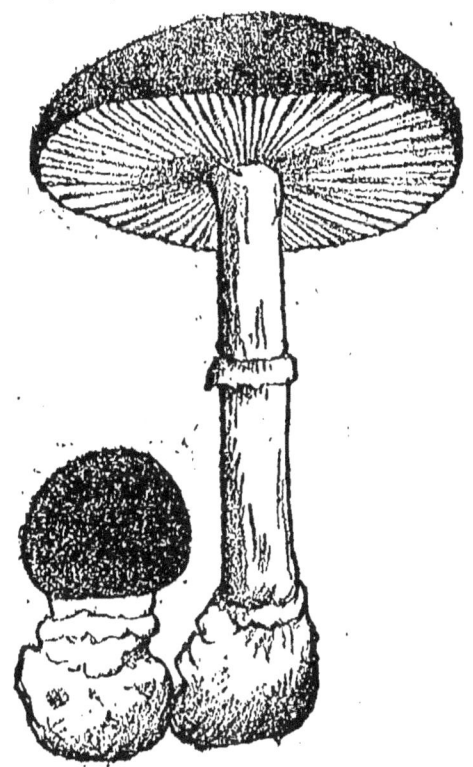

Fig. 21. Amanite panthère.

et l'Amanite tue-mouches, dont les effets sont
bien moindres. Heureusement cette belle
espèce est assez rare en Provence.

Ces amanites ingérées agissent sur le système nerveux ; elles occasionnent une folie
passagère, des angoisses et des souffrances
indicibles aux imprudents qui les mangent,

et souvent même elles causent leur mort. Au
moyen-âge, où l'on n'en connaissait déjà que
trop les propriétés toxiques, les maléficiers et
les empoisonneurs s'en servaient pour déso-
ler les étables, décimer les troupeaux et com-
mettre impunément des assassinats. Les
premiers hachaient ces agarics et les mé-
langeaient à la nourriture des bestiaux, les
seconds extrayaient le suc de ces redoutables
champignons, le condensaient à l'air libre
sur un fer doux et en oignaient tantôt entièrement, tantôt d'un seul côté, les lames cise-
lées et chargées d'ornements en creux des
couteaux de l'époque. On pouvait, par ces
abominables procédés se servir d'un de ces
couteaux pour partager en deux un fruit, en
manger impunément une moitié, et, en offrant l'autre à son ennemi, lui donner la
mort. S'il faut en croire des traditions, grâce
à Dieu contestables, le jeune époux de Marie
Stuart, le roi François II et la mère de
Henri IV, la reine de Navarre, auraient été
les victimes de ce lâche moyen d'assassinat.

GROS—BLANC. Nom donné à Pertuis à
l'Amanite ovoïde (*Amanita ovoïdea*, Fries),
espèce comestible. Voir *Coucoumello*.

GROS MOURRE-DE-CHIN (gros museau de
chien). Est un des noms donnés à Apt, à la
truffe rousse *Tuber rufum*, Pico), espèce peu
estimée et partant sans valeur commerciale.
Voir *Mourre-de-chin*.

I

Iou (œuf). Est à Apt, l'Amanite de César qu'on nomme *Aranji* et *Bouret rouge* dans les Basses-Alpes. Voir *Boulet rouge*.

J

JAUNE D'IOU (jaune d'œuf). Autre nom donné à Apt, à l'Amanite de César, ou Amanite Oronge, à cause de sa belle couleur jaune-orange. Voir *Boulet rouge*.

L

LENGO-DE-BIOU (langue de bœuf). Est le nom que porte à Bollène la Fistuline hépatique (*Fistulina hepatica*, Fries), espèce de polyporée caractérisée par ses tubes libres entre eux. Ce champignon croît en été et en automne sur les vieilles souches des arbres: châtaigniers, chênes, noyers, etc. Sa chair pesante n'est comestible que dans le jeune âge et ne constitue jamais qu'un aliment peu délicat, recherché seulement des classes pauvres, ce que Schœffer exprime quand il dit: « *fungus pauperibus esculentus* ».

LIMOUNOUS. Est le nom que porte à Apt,

l'Hygrophore limace (*Hygrophorus limaci-nus*, Scopoli), espèce comestible. Voir *Mour-ragat*.

LISSADOS (lisse). Désigne, à Saint-Martin-de-Castillon, la Truffe rousse (*Tuber rufum*, Vittadini), espèce ainsi nommée à cause de son péridium lisse. Voir *Mourre-de-chin*.

LOUDO. Est le nom qu'on donne à Apt, au Mycoderme du vinaigre (*Mycoderma aceti*, Pasteur), espèce de champignon filamenteux qu'on trouve à la surface et dans l'intérieur de ce liquide. On donne encore le nom de *Loudo*, à la lie du vin. Voir *Maire dou vinaigre*.

LUNO. On nomme ainsi les espaces plus ou moins circulaires, où la luzerne épuisée, par un champignon, le *Rhizoctonia medica-ginis*, Decandolle, meurt. Les effets nuisibles de ce parasite se font surtout sentir au commencement de juillet et cessent en hiver.

LUSENT OU LUSENTO (luisant ou luisante). Est à Apt, le nom donné à la Truffe luisante (*Tuber cinerum*, H. Bonnet), espèce peu estimée, à odeur faible et à saveur nulle.

M

MACAROUN DI PRAT. Egale *Darmas*. Voir ce mot.

MAIEN, MAIENCO qui vient en mai). Noms donnés dans les environs d'Apt aux Truffes d'été. Voir *Rabasso d'estièu*.

MAIEN-COUIENT qui vient en mai et qui ressemble au *Couient*. Est le nom que porte à Apt, la Truffe bitumineuse à spores elliptiques (*Tuber bituminatum*, de la Bellone, variété *ellipticis sporis*), espèce très rare dans le département mais dont on a rencontré un gisement à Lagarde près d'Apt. M. de Ferry de la Bellone l'avait reçue de Chaumont, dans la Haute-Marne avant de la rencontrer à Lagarde. Elle diffère de la Truffe bitumineuse à spores rondes, d'abord par la forme des spores qui sont elliptiques, ensuite par la présence d'une petite cavité correspondant à la fosse basilaire.

L'appellation de *Maien couient* est précieuse en ce sens qu'elle indique chez ces ruraux un certain sens de classification qui leur fait rapprocher les bitumineuses des Truffes d'été. C'est qu'en effet ces diverses espèces offrent une grande analogie et paraissent appartenir à la même section.

MAIRE DOU VIN. Egale *Flour dou vin*. Voir ce mot.

MAIRE DOU VINAIGRE. Tel est le nom que l'on donne dans plusieurs communes à la mince pellicule qui se forme à la surface du vin et qui rend ce liquide acide, puis le transforme en vinaigre. Depuis longtemps on considère le changement de l'alcool en acide acétique comme étant occasionné par la présence d'un champignon, le Mycoderme du vinaigre (*Mycoderma aceti*, Pasteur). Il peut se présenter sous deux formes, selon qu'il se montre à la surface ou dans l'intérieur du liquide.

Sous la première il consiste en un chapelet d'articles qui se développent en rayonnant dans toutes les directions.

Sous la seconde forme le mycoderme du vinaigre se présente comme une matière mucilagineuse qui peu à peu envahit tout le liquide.

Le mycoderme du vinaigre se rapproche beaucoup des bacteries; l'analogie de formes des articles est surtout frappante.

Il ne faut pas confondre le mycoderma aceti avec le mycoderma vini *(Flour dou vin)*. Ces deux champignons offrent une grande analogie de structure et se montrent souvent mélangés ensemble ; mais leurs propriétés sont essentiellement différentes. Le mycoderme du vin n'occasionne en effet aucune altération ; on voit quelquefois des vins qui restent couverts de cette végétation pendant des années entières sans s'aigrir ; mais c'est à la condition que le voile mycodermique ne présente pas la moindre trace de mycoderma aceti.

Maladié cendroué (maladie cendrée). Dans le canton de Pertuis on désigne ainsi la maladie qui, jointe au phylloxéra, est venue décimer nos vignobles. L'*Oidium Tuckeri*, puisqu'il faut l'appeler par son nom, est malheureusement trop connu de nos viticulteurs pour qu'une description même sommaire de ce champignon et des moyens qu'on lui a opposés puisse être utile.

Manin, Manino. Deux noms usités à Villars pour indiquer la Truffe rousse (*Tuber rufum*, Vittadini). Voir *Mourre-de-chin*.

MATO (qui vient en touffe épaisse). Désigne à Sérignan la Clitocybe coffeata (*Clitocybe offocatella*, Fries), un agaric très curieux qui se montre en septembre et octobre. D'une masse énorme, charnue, souterraine, pesant souvent plusieurs kilogrammes, s'élèvent des champignons assez petits, d'un gris ardoisé, au nombre de plusieurs centaines. C'est un manger comparable à la *Berigoulo*, c'est-à-dire une espèce comestible sans ébullition préalable.

MERIGOULO. Est à Gigondas, la Morille commune (*Morchella esculenta*, Persoon), qui vient en mars et avril sur les terrains sablonneux. Voir *Pangoro*.

MILDIÉU (altération du mot scientifique Mildew). Autre maladie de la vigne causée par un champignon microscopique le *Peronospora viticola*. Ce parasite est adhérent aux feuilles de la vigne, qu'il détruit avec promptitude, en y déterminant une sorte de pourriture. Au bout de peu de jours, la feuille revêt une couleur d'un brun roussâtre, se dessèche, puis se détache du cep. La vigne étant ainsi dénudée, la nutrition ne s'accomplit plus et la maturation du fruit s'arrête.

Ce champignon nous viendrait d'Amérique, et c'est en septembre 1878 que M. le professeur Planchon, de Montpellier, constate son existence en France. Deux années plus tard M. E. Vidal indique sa présence à Hyères et en combat les ravages d'abord au moyen d'un mélange à parties égales en

poids de soufre et de chaux hydraulique,
puis en se servant directement de l'acide sul-
fureux. Aujourd'hui on a dans le sulfate de
cuivre un remède efficace contre cette maladie. On craignait que le sel cuprique ne
fût dangereux pour notre organisme, mais
des expériences bien faites ont démontré que
les traces de cuivre retrouvées dans le vin ne
représentent le plus souvent que des fractions
de milligramme, quantité inhabile à porter
atteinte à la santé publique.

MOUFO DI BARRICO, MOUFO DOU PAIN, etc.
Différentes moisissures se développant sur
les vieux tonneaux, le pain, les végétaux,
etc. sont connues sous le nom général de
moufo auquel on ajoute la désignation de
l'ustensile, de l'aliment ou de la plante
qui les porte. Dans le cas qui m'occupe ce
sont les *Diderma papaverinum*, Walr.; *Ra-
codium cellare*, Pers.; *Stilbum typhinum*,
Walr.; *Aspergillus glaucus* Lk.; *Mucor
mucedo*, Mart.; *Oidium aurantiacum*, Lev.;
qui méritent les trois premiers l'appellation
de *moufo di barrico* et les trois derniers celle
de *moufo dou pain*. Voir *Moussiduro*.

MOUFO QUE SE MANGE. Désigne à Cavaillon
la Clavaire grise (*Clavaria grisea*, Persoon)
espèce ferme, à chair blanche, tendre et fria-
ble. Elle est comestible et se montre, en automne sous les pins des collines environnan-
tes, surtout dans les friches et les broussailles
des bois. A Nice on la nomme : *Gasparina
de terre* et *Richetta gria*.

MOURAGAT (pour *Mourre de gat*, museau

de chat). Est à Pertuis, d'après mon excellent ami M. le docteur Bassié, l'Hygrophore gluant (*Hygrophorus limacinus*, Scopoli), espèce dont le chapeau est relevé au centre en une large bosse. Il est olivâtre en dessus, plus clair à la circonférence, ensuite brun olivâtre ou fuligineux sombre, les bords blancs ou blanchâtres, visqueux et comme

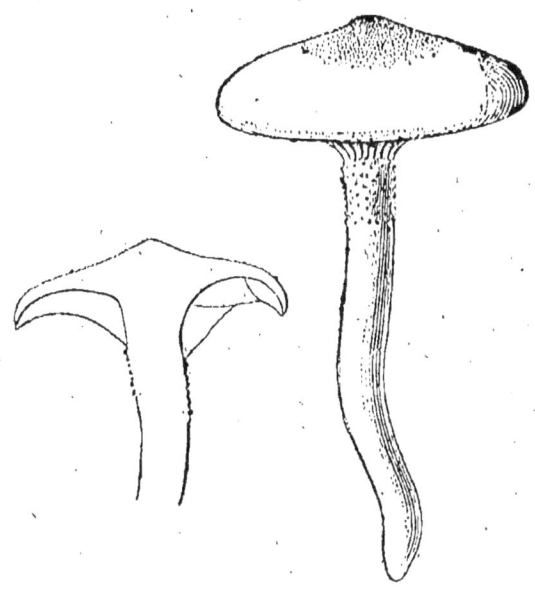

Fig. 22. Un Hygrophore et sa coupe verticale.

recouvert d'une couche mucilagineuse. Les feuillets sont peu nombreux, minces, molasses, d'abord blancs, puis cendrés. Le pied est plein, ferme, ordinairement renflé ou ventru, gluant, couvert à son sommet de squammules farineuses et plus bas de stries fibrilleuses olivâtres et interrompues ; sa longueur est de sept centimètres environ, tandis que le chapeau mesure 5 centimètres de diamètre et plus. Chair blanche ; odeur à peu près nulle ; saveur fade. A terre, dans nos bois de pins. Il est comestible et fort apprécié à Allauch, où on le mange journellement sous le nom de *Mourvelous*, tandis qu'à Lambesc on le nomme *Bavouso* et ailleurs *Limounous*.

Mourmo. Est le nom qu'on donne à Valréas, à la Morille commune (*Morchella esculenta*, Persoon), espèce comestible fort appréciée. Voir *Pangoro*.

Mourre-de-chin (museau de chien). Sous les vocables *gros mourre-de-chin, lissados, nas-de-chin, oungloun, ounglous, manin, manino, sentoun, tabouret*, etc, on désigne plus particulièrement la Truffe rousse (*Tuber rufum*, Vittadini) ; mais ces noms servent également à indiquer toutes les Truffes plus ou moins mauvaises et qui ne sont pas à proprement parler des *Rabasso*.

La Truffe rousse croît en toute saison ; elle abonde au printemps, en automne et en hiver. On la trouve, triste et inséparable compagne des Truffes vraies avec lesquelles elle vit, on la fouille et on l'apporte sur nos marchés. Elle n'a aucune valeur, bien que quelques personnes la mangent.

Il y en a de plusieurs variétés notamment une à péridium *chagriné* et *noirâtre* ou *roussâtre*, et une autre à péridium lisse comme la peau d'une pomme de terre et *jaunâtre*.

Mourre de chin jaune ou rouge. Est l'appellation donnée à Croagnes le pays *rabas-*

sier par excellence, à la Balsamie vulgaire (*Balsamia vulgaris,* Vittadini). Voir *Blancan.*

. MOURRE DE CHIN NÉGRE (museau de chien noir). Désigne près d'Apt, la génée verruqueuse (*Genea verrucosa,* Vittadini). Voir *Pichot mourre-de-chin.*

MOURRE DE VEDÉU (Mufle de veau). M. le docteur Ferry de la Bellone, médecin et mycologue distingué d'Apt, m'écrit que dans cette ville on désigne sous ce nom la Vesse-de-loup ciselée (*Lycoperdon bovista,* Linné), Lycoperdacée qui vient en été et en automne, dans les pâturages, sur les collines herbeuses, dans les bois. Cette espèce est comestible étant jeune.

A Malaucène, c'est un agaric blanchâtre poussant sur les troncs des châtaigniers, qui porte ce nom. Il constitue un mets excellent. Espèce à voir et à déterminer.

Dans les environs de Gigondas, par *mourre de vedéu,* on entend un champignon, petit, légèrement conique, de forme régulière, un peu roux, recouvert d'une couche gluante comme la morve du veau, ce qui explique la dénomination vulgaire. Il croît en automne, autour des pins. Sa chair est très estimée. C'est probablement l'Hygrophore des bois (*Hygrophorus arbustivus,* Fries), appelé *Mourveleto* à Allauch, dont il est ici question.

MOUSSIDURO. Les moisissures sont constituées par des genres fort divers : *Ascophora, Aspergillus, Mucor, Oidium, Penicillium,* etc. Ces champignons font le désespoir des ménagères en se développant avec une ra-

pidité déplorable, et souvent malgré les
précautions les plus minutieuses, sur les
conserves de fruits ou les fruits naturels, sur
les confitures, le fromage, la viande, le pain
et autres provisions de toute sorte, animales
ou végétales. On sait, en effet, que les spores
de ces petites cryptogames flottent incessam-
ment dans l'air, pénètrent partout, germent
et se développent, souvent en quelques heures, dès qu'elles se trouvent dans des conditions convenables d'habitat, de température
et d'hygrométrie.

Les moisissures qui recouvrent les produits
alimentaires sont-elles nuisibles à la santé ?
c'est là une question assez obscure, et que
l'on a d'ailleurs rarement l'occasion d'étudier avec des données bien précises ; toutefois il est permis d'affirmer que, ingérées en
petite quantité, ces productions cryptogamiques n'ont aucune action autre que celle de
dégoût ou de goût désagréable ; néanmoins
ingérées en grande quantité, par exemple
dans le pain moisi, elles produisent une
action sans contredit nuisible qui peut se
traduire par de la diarrhée, des vomissements, des maux de tête, etc.

Muscadèlo. Vocable qui sert à désigner
dans plusieurs localités, la Truffe musquée
(*Tuber moschatum*, H. Bonnet). Voir *Caiè*.

Muscardino. Les vers-à-soie, dont l'éle-
vage constitue une source de revenus pour
beaucoup de nos communes, peuvent être
atteints par plusieurs maladies parmi lesquelles les plus connues sont la *Flacherie*,
la *Pébrine* et la *Muscardine*. La nature des

deux premières est mal déterminée ; il n'en
est pas de même de la dernière, car on sait
qu'elle est constituée par le développement,
dans les tissus du ver, d'un champignon, le
Botrytis Bassiana, Balsamo.

Le ver qui est atteint de la muscardine ne
tarde pas à succomber, après une somno-
lence de 2 à 3 jours qui constitue en quelque sorte la période de propagation de la
maladie, et après avoir présenté une certaine
couleur rouge lie de vin due à un commencement d'asphyxie.

Le cadavre du ver se recouvre presqu'aus-
sitôt d'une couche pulvérulente blanche ; il
prend d'abord la consistance de la cire
molle, garde l'impression du doigt, puis il
durcit beaucoup et ressemble en cet état à un
ver trempé dans du plâtre qui se serait figé à
sa surface , d'où les noms de vers *plâtrés*,
vers *muscardins*, *dragées*, qui leur ont été
donnés.

Comme tous les champignons, le Botrytis Bassiana se compose d'un feutrage ana-
logue au blanc du champignon de couche,
de petits prolongements verticaux nommés
styles, et de spores ou corps reproducteurs
qui naissent à l'extrémité de ces prolongements.

C'est par la propagation et le développement du feutrage que se fait la maladie ;
c'est par les spores que se fait la contagion.
Le ver les absorbe avec les feuilles ou par
les trachées avec l'air qu'il respire ; les spores germent alors rapidement, elles donnent
naissance au feutrage ou mycélium qui, par
son développement excessif, tue le ver.

La poussière blanche n'est plus que la
fructification du mycélium en dehors du ver;
elle représente, par millions, des spores
nouvelles capables de devenir le point de départ d'une contagion indéfinie.

La muscardine attaque ordinairement le
ver, plus rarement la chrysalide protégée par
son cocon, plus rarement encore le papillon
qui étant arrivé à l'état d'insecte parfait, et
n'ayant d'autre mission que de reproduire
l'espèce, ne mange plus.

Quelle que soit la porte d'entrée de la muscardine, elle met environ 4 jours à tuer
le ver à soie. Elle l'étreint pour ainsi dire
dans les mailles de son mycélium; il arrive
un moment où le ver ne peut plus manger,
où son vaisseau dorsal ne peut plus battre,
où ses membres se figent en quelque sorte
dans l'immobilité.

Si le ver est atteint dans les premiers jours
du cinquième âge, il est évident que d'après
le cycle de la muscardine (4 jours) il ne
montera pas à la bruyère; s'il est atteint à
la montée, il filera son cocon, mais ses
chrysalides ne se réveilleront plus.

La muscardine est une affection incurable;
on ne peu que la prévenir.

Elle est la maladie ordinaire des stations
basses, des locaux humides, des magnaneries obscures et trop fraîchement bâties. Ses
spores, répandues à profusion dans la poussière des chambrées, gardent, d'une année
à l'autre, le pouvoir de reproduire et de perpétuer le mal.

Pour en prévenir le retour, le moyen le
plus simple est de détruire les spores qui

restent dans les magnaneries par les fumigations chlorées, les lavages à l'eau de chaux ou à l'eau chlorurée.

Pour en prévenir la propagation, il faut détruire rapidement les vers qui en présentent les premiers symptômes, avant que l'efflorescence éminemment contagieuse des spores ne se soit produite sur leur cadavre.

La muscardine n'est point héréditaire, par transmission du papillon à la graine, car celui-ci ne pouvant contracter la maladie qu'à sa sortie du cocon, pond dès lors bien avant que la muscardine ait pu l'envahir; et aussi par cette autre raison, qu'une chambrée atteinte de muscardine, même à la montée, ne papillonne pas.

N

NAS-DE-CHIN (nez ou museau de chien). Par cette dénomination on désigne tout ce que vous voudrez en tant que champignons souterrains. C'est une vraie macédoine et les *rabassiers* vous apportent comme *nas-de-chin*, des Hyménogastrés, des Sclérodermés, des Rhizopogons, des Mélanogastres, etc., en un mot toutes les hypogées qui sont découvertes par le porc ou le chien, mises dans le sac pour être vendues s'il est possible à des acheteurs innocents, candides et novices.

Il n'y a qu'un moyen de s'entendre avec eux, c'est de leur demander la provenance de leur *nas-de-chin* et alors vous trouvez que ce nom correspond aux formes suivantes :

1° La Truffe rousse (*Tuber rufum*, Vittadini). Voir *Mourre-de-chin*.

2° Les Truffes d'été. Voir *Rabasso d'estiéu*.

3° La Truffe musquée (*Tuber moschatum*, H. Bonnet). Voir *Caié*.

4° La Truffe mélanosperme (*Tuber melanospermum*, Vittadini). Voir *Rabasso*.

5° La Truffe échancrée (*Tuber excavatum*, Vittadini), commune près de la montagne de Saint-Saturnin où elle vient dans les truffières artificielles de chênes verts ou blancs, quelquefois mêlée à l'espèce suivante mais que nos *rabassiers* ne différencient pas.

7° La Truffe pamifère (*Tuber pamiferum*), vient à Croagnes et au quartier de Romané.

8° La Truffe à grosses spores (*Tuber macrosporum*), du côté de Sainte-Croix et d'Oppédette. Voir *Patto-de-chin*.

9° La Genée verruqueuse (*Genea verrucosa*, Vittadini), espèce assez rare qu'on trouve en septembre, dans les truffières de chênes verts ou blancs des environs d'Apt. Voir *Pichot-mourre-de-chin*.

NEGRE. On avait attribué le noir des arbres, la maladie noire, *lou negre*, comme on l'appelle, à un champignon. Mais des recherches plus attentives ont démontré que cette cause de dépérissement de nos arbres qui, depuis 1743, étend ses ravages d'une manière de plus en plus inquiétante, est aussi l'œuvre d'un insecte microscopique appartenant au genre *Coccus*.

On a cru remarquer que les arbres plantés près des routes, et, par cela même, exposés à la poussière étaient peu ou point atteints par cette maladie. De là à conseiller la poudre de chaux, il n'y avait qu'un pas et ce pas a été fait, m'assure un démonstrateur d'horticulture, mais j'ignore si le succès est venu couronner cette tentative.

NEGROUN. Sous ce vocable on désigne à Cavaillon, la Pratelle champêtre (*Pratella campestris*, Fries), encore nommée champignon de couche, espèce qui présente, au point de vu économique, un intérêt considérable ; car elle est à peu près la seule que l'homme sache cultiver industriellement.

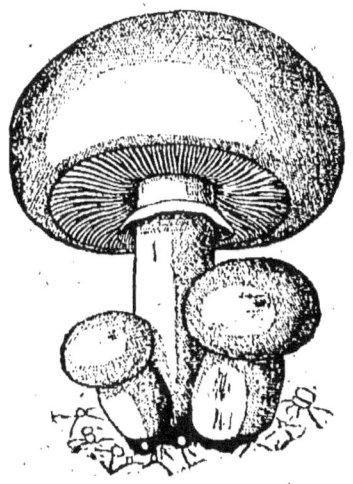

Fig. 23. Pratelle champêtre.

La Pratelle champêtre est un agaric ubiquiste ; on la trouve partout où il y a de la litière de cheval en décomposition. Elle a une aire de distribution considérable, qui s'étend depuis la Laponie jusqu'à la Terre-de-feu, et depuis l'Europe jusqu'au Japon.

Ce champignon est reconnaissable à son

chapeau charnu, vouté, aplati dans la vieil-
lesse et recouvert par un épiderme soyeux-
floconneux qui s'enlève facilement et est de
couleur roussâtre, jaunâtre ou blanchâtre ; à
son pied central, plein, lisse, blanc avec
l'anneau médian déchiqueté ; à ses feuillets
libres, ventrus, d'abord blancs, puis roses,
enfin devenant brunâtres par les progrès de
l'âge. Sa chair est blanche, rougissant et
brunissant parfois quand on la coupe.

Cette espèce qui comporte plusieurs variétés établies d'après la coloration du chapeau,
des feuillets et de la chair, de la forme et de
la longueur du pied ; des peluchures plus ou
moins nombreuses, bornées au chapeau ou
se montrant aussi sur le pied, est sans contredit celle qui entre pour la plus large part
dans notre alimentation ; aussi la trouve-t-on
presque toute l'année chez une foule de marchands où les ménagères vont l'acheter pour
s'en servir dans leurs ragouts.

La culture du champignon de couche est
fort rémunératrice, puisque le bénéfice peut
dans certains cas s'élever à cent cinquante
pour cent ; il y a là une source de revenus
assurés, malheureusement dans notre région
cette industrie n'est pas très suivie et ce sont
des spécialistes de Paris ou de Bordeaux qui
viennent parfois exploiter nos grottes et écouler leurs produits sur les villes voisines. C'est
à Paris que cette culture est surtout déve-
loppée.

Elle se fait principalement dans des souterrains et il est certaines caves où l'on récolte chaque jour des quantités considérables
de champignons. A Montrouge un seul pro-

ducteur en envoie quotidiennement de 300 à
400 livres. Il y a dans cette cave dix à douze
kilomètres de champignons, et le propriétaire n'est qu'un des nombreux industriels
qui se consacrent à ce genre de culture. Ils
exportent de grandes quantités de champignons conservés ; une maison n'en expédie
pas moins en Angleterre de 14.000 boîtes par
an. Une autre cave près de Frépillon était en
plein rapport en 1867 et envoyait chaque jour
jusqu'à 3.000 champignons aux marchés de
Paris. En 1867, M. Renaudot avait plus de

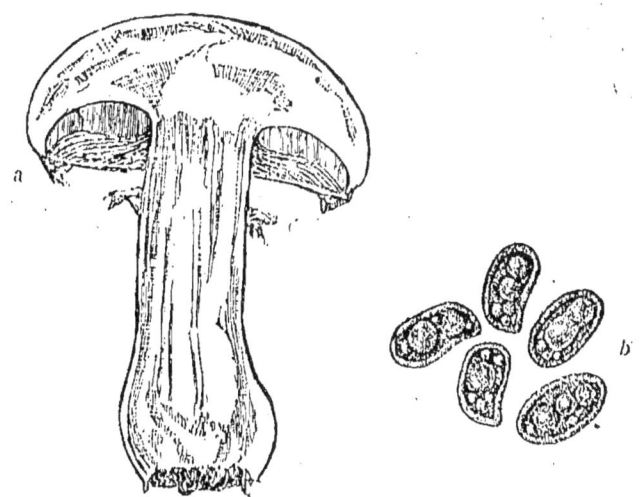

Fig. 21 (a) Coupe d'une Pratelle ; (b) Spores grossies.

50 kilomètres de couches de champignons
dans une grande cave à Méry, et, en 1869, il y
avait 26 kilomètres de couches dans une cave à Frépillon. La température est si égale —
20 à 28 degrés — que la culture des champignons y est possible en toute saison ; mais
les meilleures récoltes se font en hiver.

7

Pour établir ces couches on choisit du fumier de cheval avec peu de paille, puis on met en tas, c'est-à-dire qu'on l'arrange en le piétinant et l'arrosant. Au bout de huit jours, premier remaniage, où l'on met au centre le fumier des bords et réciproquement. Huit jours après, deuxième remaniage. Six ou sept jours plus tard, troisième remaniage. Le fumier est alors prêt à être employé. On procède à la formation de la couche ou des meules, soit au grand air, soit dans des caves. La couche une fois montée, on attend cinq ou six jours, puis on y larde de distance en distance des morceaux de mycélium ou *blanc de champignon*, qu'on peut se procurer chez la plupart des marchands grainiers. Quand le *blanc* à pris on recouvre le tout d'un lit de bonne terre de quelques centimètres d'épaisseur que l'on recouvre lui-même par un peu de paille ou de fumier non consommé.

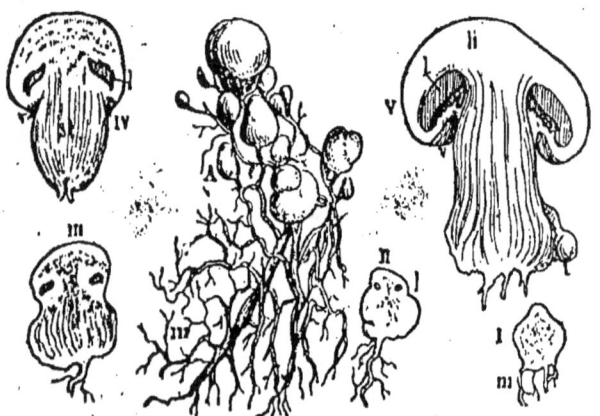

Fig. 25. Pratelle en voie de développement.

Environ un mois après que la couche a été établie, elle est déjà en production et celle-ci

sera d'autant plus abondante qu'on aura soin
d'arroser souvent, mais peu à la fois, surtout
pendant l'été.

On a observé que si l'eau qui doit servir
à ces arrosages contient certains sels en dissolution notamment de l'azotate de potasse
(salpêtre) ou du sel de cuisine, les champignons obtenus seront d'une taille et d'un
volume remarquables.

La récolte se fait tous les trois ou quatre
jours, en ayant soin de couper les champignons et non de les arracher, afin de ménager le mycélium et les jeunes non encore
développés. — D'ailleurs pour maintenir la
fécondité de la couche, il convient de l'arroser
avec l'eau qui a servi à laver les champignons que l'on consomme sur place ou de
laisser de loin en loin quelques pieds devenir
vieux, car les spores viendront donner naissance à du nouveau mycélium. Inutile d'ajouter que le fumier devra être remplacé au fur
et à mesure qu'il est épuisé.

Ce qui précède sur la culture en grand des
champignons devrait encourager ce que l'on
pourrait appeler la culture domestique de
la Pratelle champêtre, la culture pour les
besoins du ménage. Il n'est que bien peu de
personnes, surtout à la campagne, qui ne
puissent consacrer à cet usage de vieilles
caisses, de mauvais tonneaux ou autres
objets de même nature, car une cave n'est
pas de rigueur. Sans doute la récolte sera
moins abondante, mais elle pourra cependant
suffire aux exigences de la cuisine. Et on
ne saurait trop répéter le conseil donné par
le naturaliste Cuthil : « Je ne dois pas oublier,

dit-il, de rappeler à l'habitant de la campagne qu'il s'économiserait un shilling ou deux par semaine s'il avait une bonne couche de champignons, ne fût-ce même que pour l'usage de sa famille, sans parler d'un shilling ou deux qu'il pourrait gagner en en vendant à ses voisins. Je puis assurer que les champignons viennent plus vite que les cochons, et ne mangent pas; ils n'ont besoin que d'un peu d'attention. »

O

OUNGLOUN, OUNGLOUS. Désignent à Croagnes et dans les environs de Saint-Saturnin, la Truffe rousse (*Tuber rufum*, Vittadini). Voir *Mourre-de-chin*.

P

PAN-DE-LOUP, PAN-DOU-DIABLE (pain de loup, pain du diable). Est à Valréas, le nom que porte le Polypore bigarré (*Polyporus versicolor*, Linné), espèce trop coriace pour être mangée. Elle croît presque toute l'année sur les troncs en décomposition, notamment sur les vieilles souches des saules, en groupes plus ou moins nombreux qui se recouvrent.

Ce Polypore est très beau; on dirait un perpétuel défi jeté à la palette des peintres, tant sa coloration est variée. Supposez un disque presque circulaire, d'une épaisseur uniforme et égale environ à celle d'une pièce de monnaie, ne tenant au tronc, sur lequel il vit en parasite, que par une faible partie latérale. La face supérieure est brillante avec des zônes de différentes couleurs, grises, brunes, rouges, noirâtres, nuancées de bleuâtre ; la marge est blanchâtre ou jaunâtre pâle. Le dessous porte les pores ; ceux-ci sont petits, arrondis, luisants, blancs, puis jaunes.

Ce champignon est sans usage. Sec il brûle bien et il pourrait servir à conserver le feu.

Pangoro. Est le nom collectif donné à Apt, aux différentes espèces de Morilles, dont la *Morchella esculenta*, Persoon, est le type le plus commu. Les *jaunes* viennent dans les vignes ; les *grises*, dans les bois de chênes, en avril et mai. Ces champignons constituent un comestible excellent, aimé et recherché de tous. Les Morilles se conservent parfaitement d'une année à l'autre par la dessication, et il suffit de les soumettre à l'action de l'eau bouillante pour leur rendre leur volume primitif, leur saveur première et même leur arôme.

Dans plusieurs localités des Bouches-du-Rhône, telles que Miramas, Lambesc, etc., la Morille délicieuse (*Morchella deliciosa*, Fries), est connue sous le nom vulgaire de *Boubeto*. On la mange surtout en omelette.

Ces champignons aiment les terrains sablonneux, on les recueille après les pluies, au mois de 'mars et d'avril dans les vignes bourgeonnantes, Aussi que de malheureuses pousses, exhubérantes de vie aux premiers feux d'un soleil printanier, sont emportées et détruites par le frôlement des jupes des jeunes filles qui cueillent en gambadant ce

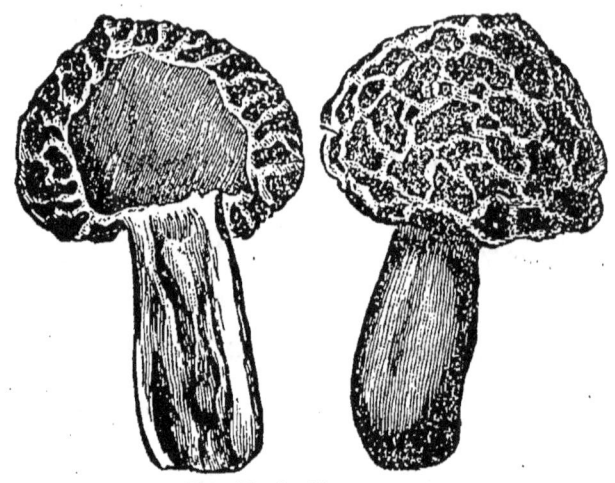

Fig. 26. Morille commune.

mets convoité ! Que de malédictions ne leur lance pas le vigneron ! mais qu'importe à la troupe rieuse? Elle rentrera à la maison le panier plein et grâce à une soigneuse dessication, elle aura sur la planche une agréable garniture pour tous les plats de famille jusqu'à l'hiver prochain.

PANICAU. Egale à Apt, la *Berigoulo,* c'est-à-dire, le Pleurote du chardon Roland.

PANISCAUT. Est à Bollène et à Malaucène le nom que porte le Pleurote du chardon Roland (*Pleurotus eryngii,* Fries), espèce qui constitue un excellent comestible. Voir *Berigoulo.*

PATTO-DE-CHIN. Serait le nom vulgaire de
la Truffe à grosses spores (*Tuber macrosporum*), espèce que l'on trouve du côté de Ste-
Croix et d'Oppédette, dans les environs
d'Apt. Elle n'a aucune valeur.

PEBRA (poivrée). Est le nom que porte dans
les environs d'Apt, la Truffe bitumineuse à
spores rondes (*Tuber bituminosum*, de la Be-
lone, variété *rotundis sporis*), espèce à
odeur bitumineuse de pétrole que l'on rencontre quelquefois dans les truffières d'Auri-
beau, de Castellet, de Buoux et des Agnels,
près d'Apt. Ce sont les seuls endroits où mon
savant confrère et ami, M. le docteur Ferry
de la Bellone l'ait rencontrée. On la désigne aussi dans cette région du département sous le vocable de *Couient*; elle correspond à la Truffe poivrée (*Tuber piperatum*)
de M. Henri Bonnet, d'Apt.

PECOU BLAU OU PÉD BLAU (pédoncule ou pied
bleu). Est à Bonnieux, Ménerbes et Oppède
le nom d'un Tricholome, ainsi appelé à cause
de son pied bleu améthyste. C'est le Tricholome améthyste (*Tricholoma amethystinum*,
Quélet), comestible fort recherché à cause de
la finesse de sa chair et du parfum qui s'y
développe pendant la cuisson. Il vient en décembre, dans les contreforts du Luberon,
alors que la neige couvre déjà la terre.

PÉD-DE-POULO (pied de poule). Désigne à
Cavaillon, l'Helvelle crépue (*Helvella crispa*,
Fries), espèce facile à reconnaître, car les
lobes du chapeau ne sont pas adhérents au
pied. Elle croît depuis la fin de l'été jusqu'en

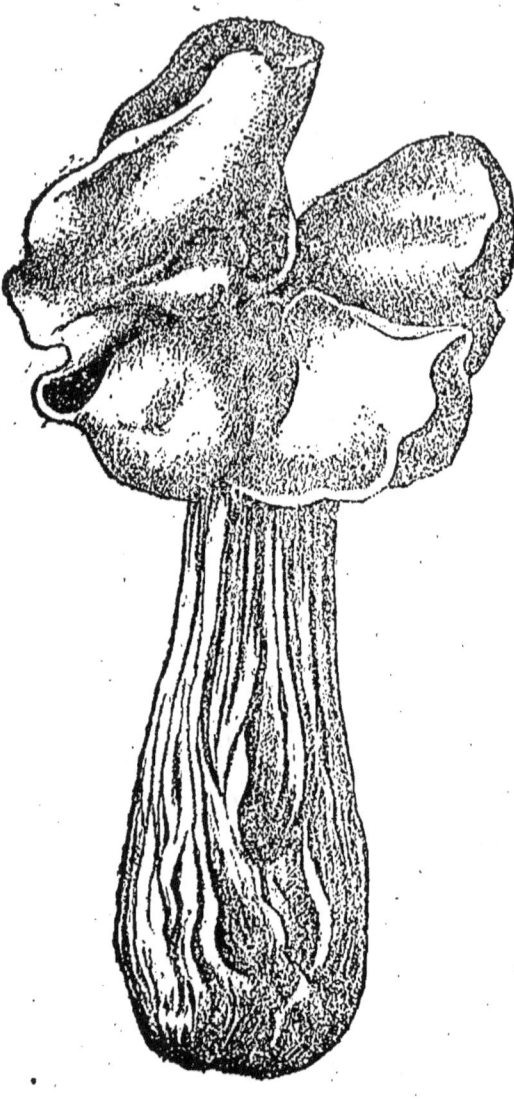

Fig. 27, Helvelle crépue.

décembre sur la lisière des bois et des forêts,
dans le gazon, dans les champs, le long des
haies et même dans les guérets. Elle constitue un comestible excellent. On peut la comparer aux Morilles dont elle n'a pas le parfum délicat, il est vrai ; mais sa saveur est
plus fine , surtout celle du chapeau, car le
pied est un peu coriace. Elle est rare à Cavaillon où elle se vend bien. A Lambesc on
l'appelle *Bouquet* et *Auriheto blanco* dans les
Alpes-Maritimes.

PIBOULEN. Désigne à Sérignan la Pholiote
ægérite (*Pholiota ægerita*, Fries), encore
nommée *Champignoun de sause*.

Les Pholiotes sont des agarics très souvent
lignicoles, à spores rouillées ; celui dont il
est ici question a le chapeau charnu, convexe,
puis plan, festonné, sec, lisse, soyeux — ce
qui justifie son nom générique *pholiota*, de
pholis, écaille — blanchâtre ou roussâtre,
fauve au centre et souvent crevassé. Son pied
est central, plein, ferme, fibreux, glabre et
blanc ; l'anneau placé au haut du pied, est
membraneux, large, réfléchi; persistant et
blanc. Les feuillets larges, serrés, à extrémité postérieure adhérant au pied par une
petite dent, sont blanchâtres, puis brunâtres
ou bistrés. La chair est compacte, agréable
au goût et à l'odorat.

Cette espèce offre deux variétés établies
sur la coloration ; l'une, ou variété *alba*, est
toute blanche ; l'autre, ou variété *fulvella*,
est roussâtre. L'une et l'autre sont fort estimées par les mycophages ; elles vivent en
automne par groupes quelquefois très nombreux, sur les arbres qui forment la famille

des Salicacées, famille qui n'est représentée en France que par les deux genres peuplier et saule, ce qui explique leurs noms vulgaires : *Champignoun sausen, Piboulado, Piboulen, Pivoulado, etc.*

PICHOT GRIS (petit gris). Sous ce vocable on désigne, à Sérignan, l'Amanite engaînée (*Amanita vaginata*. Lamarck), espèce fort estimée partout où elle est connue. Voir *Griset,*

PICHOT MOURRE-DE-CHIN. Désigne à Apt la Genée verruqueuse (*Genea verrucosa*, Vittadini), espèce établissant dans notre région le passage de la famille des Tubéracées à celle des Helvellées, c'est en quelque sorte un *Gyromitra* hypogé. Elle vient en automne dans les truffières d'Apt et d'Avignon, dans les terrains argileux, les bois clair-semés de chênes verts ou blancs. Elle acquiert le volume d'une noisette et exhale une odeur très-forte, repoussante, passagère. C'est un comestible peu estimé.

PICO-PÉD. Autre vocable sous lequel on connaît à Cavaillon le Tricholome améthyste (*Tricholoma amethystinum*, Quélet), espèce qui constitue un manger délicieux sans ébulition préalable. Voir *Pecou blu.*

PIGNEN. Est le nom que porte à Apt, comme du reste, dans presque toute la Provence, le Lactaire délicieux (*Lactarius deliciosus*, Fries), que l'on appelle *Boulet saunous* à Cavaillon, *Champignoun de pin*, à Vaison, *Pignet* dans le Var, *Pinet* à Valréas, *Bérigoulo* ou *Sanguin* à Nice, *Boulet de pin,*

Sang dou Crist, Vert de gris dans les Basses-Alpes.

Dire que cet agaric est un Lactaire c'est indiquer qu'il présente la curieuse particularité de laisser couler, quand on le blesse, une sorte de liquide lactescent pouvant prendre des couleurs diverses mais qui dans l'espèce actuellement étudiée est orangé-rouge.

La présence d'un suc plus ou moins coloré paraît, à deux ou trois exceptions près, être spécial aux Lactaires et à quelques Russules. Ajoutons que les individus vieux en sont souvent privés.

On a voulu faire jouer un rôle considérable à cette humeur lactoïde et beaucoup de mycologues inclinent à croire que ce qui est vénéneux dans les champignons, ce n'est pas la chair mais bien le suc dont elle est imprégnée ; d'où il semble résulter pour eux que si on le chassait par une ébullition préalable, les propriétés malfaisantes disparaîtraient du coup. Si on admet cette hypothèse il faut aussi accepter que le Lactaire délicieux fait exception à la règle ; car, bien que pourvu d'un suc fort abondant, il est pourtant comestible sans avoir subi l'action de l'eau bouillante.

Le Lactaire délicieux a le chapeau charnu, convexe plan, ombiliqué, visqueux, glabre, orangé, rouge-brique ou jaunâtre, zôné, puis verdâtre-pâle, finement écailleux et rugueux. Ses feuillets sont plats, assez épais, orangés verdissant ainsi que les blessures qui laissent écouler un suc orangé-rouge très vif ou safrané, presque doux ou légèrement âcre. Le pied est central, plein, puis bientôt creux. La chair est compacte, pesante, jaunâtre

mais devenant promptement rouge-orangé
au contact de l'air, quelquefois verdâtre ; son
odeur est agréable et aromatique.

C'est l'espèce la plus communément répandue dans toute la Provence. Elle est fort estimée et mérite sa réputation. On la vend sur
nos marchés et il n'est personne qui n'ait
entendu dans les rues de Marseille des mar-
chandes ambulantes crier à tue-tête *li pignen
à la poualo.* Son prix varie entre cinquante
centimes et un franc cinquante le kilogr.
Elle peut acquérir d'assez grandes dimen-
sions ; j'en ai plusieurs fois trouvé dans les
bois de Pichauris des spécimens du poids de
500 grammes avec un diamètre de vingt-
cinq centimètres.

Le commerce du *Pignen* n'est pas nouveau
dans les Bouches-du-Rhône et voici ce qu'é-
crivait De Villeneuve dans sa statistique de
ce département : « Dès que les premières
pluies d'automne commencent, les gens de
la campagne, lorsque le soleil perce les nua-
ges, se rendent en foule dans les bois de
pins et se mettent à la recherche des champignons. Tous les jours ils en fournissent les
marchés de Marseille et des autres villes,
depuis le commencement de septembre jusque vers la fin d'octobre. Les champignons
se vendent un sou la pièce dans les commen-
cements, mais ensuite le prix moyen est de
cinq ou six sous la douzaine. On a évalué à
500 douzaines par jour la consommation
moyenne du marché de Marseille pendant
deux mois, et on sait que la consommation de
tous les autres marchés réunis du département équivaut au moins à celle de Marseille.

On mange donc annuellement 60.000 douzaines de champignons qui, à 30 centimes, prix moyen, mettent en circulation une
somme de 18.000 fr. Ce calcul est loin d'être
exagéré; car nous avons pris pour règle les
années où cette espèce d'aliment a été peu
abondante. Tout le profit de ce commerce est
pour le petit peuple, et si cette branche d'industrie ne l'enrichit pas elle lui procure toujours quelque peu de soulagement dans ses
besoins.»

PINET. Est le nom donné dans plusieurs
communes du département de Vaucluse,
notamment à Valréas, au Lactaire délicieux.

PISSO-CAN (pisse – chien). Voilà un nom
vulgaire qui s'applique à bien d'espèces différentes, suivant qu'il a cours dans telle ou
telle commune. Pour les uns les champignons vénéneux seuls s'appellent ainsi ; pour
d'autres ce sont les Coprins, agarics croissant surtout sur les fumiers, qui méritent ce
nom. Cette dernière manière d'entrevoir la
question a au moins un mérite, celui de nous
expliquer l'étymologie de *pisso-can*. En effet
l'apparition presque subite de Coprins sur les
fumiers ou dans les lieux humides où les
chiens vont parfois uriner a donné de la
vraisemblance à cette opinion erronée, répandue dans le peuple, à savoir que le champignon tire son origine de l'urine du chien.
Voir *Pisso-chin*.

A Cavaillon, c'est l'Amanite coccola (*Amanita coccola*, Fries) qui porte la dénomination
de *pisso-can*. Cette espèce appartient au
midi de la France, à la région méditerra-

néenne. On la trouve en été et en automne,
dans les terrains secs et arides des bois,
surtout de chênes. Elle a les mêmes propriétés alimentaires que l'Ama..ite ovoïde (*Coucoumello*), à laquelle elle ressemble beaucoup,
et dont elle diffère notamment par les striés
qui se remarquent sur les bords de son chapeau.

Pisso-chin. Est à Valréas le nom que portent les Coprins, charmants agarics, membraneux pour la plupart, qui se développent
surtout sur les matières organiques en décomposition. Ils n'ont qu'une existence bien
éphémère et on les voit quelques heures seulement après leur naissance se résoudre en
un liquide noir comme de l'encre dont il a
d'ailleurs les propriétés graphiques. J'en ai
souvent, et bien malgré moi, fait la triste expérience. Il m'arrivait, en effet, quand je com-
mençais mes études mycologiques de cueillir
des coprins — ils étaient si jolis — et de les
placer dans mon panier afin de pouvoir, une
fois à la maison, les étudier tout à mon aise.
Mon herborisation terminée, je trouvais en
arrivant chez moi, ma récolte souillée par
un liquide affreusement noir ; tout était perdu, c'était à recommencer. Je prenais, la
fois suivante, des précautions de transport
inconnues à bien des mortels : le résultat
obtenu était le même et je me suis vu forcé
pour certaines espèces à les étudier sur
place.

Cette liquéfaction rapide fait considérer les
Coprins comme vénéneux ; c'est là une
erreur ; il n'y a pas parmi eux d'espèce mal-
faisante. Je puis même assurer que, rama-

sés à peine éclos et cuits à bref delai, ils
constituent un manger délicat.

A Sérignan, par *Pisso-chin* on désigne
assez indistinctement soit les Coprins, soit le
Phallus impudique, (*Phallus impudicus*,
Linné), figuré page 25. On le dit dangereux,
mais cela est loin d'être démontré ; d'ailleurs
son odeur cadavéreuse excessivement pénétrante n'engage guère à le cueillir pour
la table.

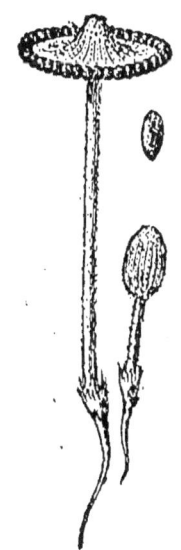

Fig. 28. Coprins à différents états de développement.

POURRIDIÉ. Autre maladie de la vigne à l'ac-
tif des champignons, bien qu'on ne soit pas
complètement fixé sur l'espèce qui la produit. Diverses opinions ont été émises à ce
sujet, MM. Planchon et Millardet ont sup-
posé qu'elle pourrait être attribuée à l'*Armillaria mellea* dont le mycélium produit la mort
de certains arbres notamment des châtai-

gniers. M. Prilleux l'a rattachée au développement du *Roesleria hypogea*. M. R. Hartig a affirmé que le *pourridié* est dû à un autre champignon parasite qu'il a dénommé *Dematophora necatrix*. Beaucoup de praticiens attribuent cette maladie à différents mycéliums qu'on ne peut rapporter sûrement à aucune espèce connue et qu'eux désignent sous le nom très vague de *Fibrillaria*. MM. Foëx et Viala, le premier directeur de l'école d'agriculture de Montpellier, le deuxième répétiteur dans le même établissement, ont cherché à éclaircir ces diverses hypothèses par des observations et des expériences. D'après leurs recherches, la nature parasitaire du *Dematophora necatrix* ne saurait être mise en doute. Des inoculations faites sur des vignes saines, cultivées en pots avec excès d'humidité, ont déterminé la mort de ces dernières au bout de six mois. Cette plante paraît être la cause la plus habituelle du *pourridié*.

Le moyen le plus efficace pour combattre ce mal est l'assainissement du sol. L'arrachage des vignes atteintes par cette maladie doit être fait avant la destruction complète des ceps, afin d'éviter les dangers d'ensemencement résultant du développement des fructifications qui se produisent au moment de leur dépérissement.

Les fructifications se sont montrées surtout nombreuses et les filaments abondants dans les milieux saturés d'humidité, même sous l'eau, et pendant la période de dépérissement de la vigne. C'est, du reste, dans les sols où l'eau reste stagnante, que les viticulteurs mé-

ridionaux ont signalé la présence du pourridié.

Pousso dou vin. Le champignon auquel
on attribue l'altération connue sous le nom
de *pousse*, se présente sous la forme de filaments dont la longueur est très-variable, et
dont le diamètre est d'environ un millième
de millimètre. Cet organisme qui joue le rôle
d'un véritable ferment, se tient en suspension
dans la masse du liquide, dont il trouble plus
ou moins la limpidité. Il n'a pas encore été
suffisamment étudié pour qu'il soit possible,
dans l'état actuel de la science, de dire avec
quelque certitude, à quelle espèce il convient
de le rapporter.

R

Rabasso. Tel est le nom que portent en
Provence les Truffes comestibles, les seules
qui aient une valeur commerciale réelle ; les
autres espèces peu estimées et partant dé-
pourvues de tout intérêt vénal sont englobées
sous les vocables de : *gros mourre-de-chin,
lissados, lusent* ou *lusento, manin, manino,
oungloun, ounglous, sentoun, tabouret,* etc.

Les Truffes comestibles se placent tout naturellement dans deux catégories suivant
qu'elles se montrent en été ou en hiver.

Les Truffes d'été ou Truffes blanches fai-
saient autrefois l'objet d'un commerce considérable sous forme de tranches séchées et

8

conservées ; elles n'ont plus de débouchés, aujourd'hui que l'on prépare les Truffes en conserves d'après la méthode d'Appert.

Ces Truffes d'été sont au nombre de deux :

1º La Truffe estivale (*Tuber œstivum*, Micheli), qui dans le département habite de préférence les localités les plus élevées, celles où pousse le hêtre.

2º La Truffe mésentérique (*Tuber mesentericum*, Vittadini.)

Nos ruraux ne font entre ces deux formes qu'une différence, celle des verrues très-grosses (habituellement mais pas toujours) chez l'*œstivum*, souvent plus petites chez le *mesentericum* ; d'où les dénominations de *Rabasso à grano grosso*, *Rabasso à grano pichouno*. C'est également par les mots de Truffes gros grains, Truffes petits grains que l'on désigne en Bourgogne et dans l'Est de la France, les variëtés du *Tuber uncinatum*, (Châtin), espèce qui appartient aussi à la section des *œstivum* bien qu'on la récolte en novembre et en décembre.

Sous le nom collectif de Truffes d'hiver sont comprises deux espèces :

1. la Truffe hivernale (*Tuber brumale*, Vittadini), à chair plus grise ;

2. la Truffe melanosperme (*Tuber melanospernum*, Vittadini), à chair plus noire.

Nos ruraux ne les distinguent pas et cela se conçoit, car très mûres elles ont, *lou marbre*, les marbrures presque identiques. Ce sont les espèces les plus estimées dans notre région et aussi celles qui se vendent le plus cher et le mieux. Elles constituent pour le département de Vaucluse la base d'un commerce important, puisqu'on évalue à 30.000 kilogrammes la quantité vendue annuellement sur le seul marché d'Apt. Or, en acceptant le prix moyen de huit francs le kilog., c'est une somme de deux cent quarante mille francs que produit cette industrie dans un seul arrondissement.

Aussi, a-t-on songé depuis longues années à cultiver les truffes et ce serait dans les environs d'Apt que les premières truffières artificielles auraient été créées. On raconte qu'il y a quatre-vingts ans, un nommé Talon, cultivateur et chercheur de truffes à Croagnes, a fait connaître les règles à suivre pour obtenir d'un sol presque sans valeur, un produit égal à celui de nos meilleures terres.

« Talon, dit M. H. Bonnet, d'Apt, dans sa remarquable monographie sur les truffes comestibles, devenu propriétaire d'une petite ferme, acheta quelques hectares de terres gastes qui le touchaient, afin de ménager un parcours à son troupeau ; voulant ensuite se pourvoir de bois de chauffage, il y sema des glands de chênes rouvres et de chênes verts. Huit ou dix ans après, traversant avec sa laie le petit bois né de ce semis, il la vit mettre à découvert un certain nombre de truffes. Dès lors il soigna ce bois en homme du métier, en *rabassiaire*. Les récoltes augmentèrent chaque année. Elles lui ont fourni jusqu'à 110 kilog, d'excellentes truffes qui au prix de dix-sept fr. 50, donnent en produit net, 1,925 fr. pour l'hectare. Encouragé par des résultats aussi avantageux, un grand nombre de propriétaires aptésiens, ont fait exécu-

ter des semis considérables, en plein rapport
depuis longtemps.

« En 1849, M. Rousseau, de Carpentras,
créa de son côté des truffières artificielles.
Instruit à l'école de Talon dont il avait étudié
les travaux, il les reproduisit sur ses terres,
sans beaucoup les modifier, à en juger par
le rapport de M. le docteur Blanchard *(Bull.
du Com. agr. de Carpentras, nº 1)* »

On a été amené à se demander quelle était
l'influence des chênes sur la production des
truffes et pour beaucoup d'observateurs le
chêne truffier est venu remplacer l'hypothèse
de la mouche truffière où l'on acceptait que
la truffe était le résultat de la piqûre d'une
racine par un insecte. Doit-on admettre en un
mot que toute truffe est le produit obligé, fatal,
exclusif d'une essence privilégiée ? Les faits
ne semblent pas autoriser une pareille inter-
prétation.

Les truffes ne font pas exception à la loi
générale : comme tous les champignons elles
naissent d'une spore qui est apportée par les
eaux, le vent ou les insectes. Cette spore en
germant produit un mycélium dont l'existence bien souvent difficile à constater est
pourtant hors de doute, et ce mycélium se
développe de préférence dans une terre enri-
chie par les feuilles et les détritus de végétaux angiospermes, ameublie par le travail
souterrain des racines. Or, le chêne vert et
aussi le chêne rouvre prospèrent dans des
terrains manquant de profondeur, ils résis-
tent mieux que d'autres à la sécheresse de
nos coteaux. C'est là, je crois, toute leur influence sur la production truffière.

Il est d'autres influences tout aussi faciles à concevoir, par exemple la composition
de la terre arable, l'altitude, les orages, etc.,
Pour le sol l'expérience semble avoir démontré que celui qui se prête le mieux à l'établissement des truffières artificielles est argilo-
siliceux, calcaire, léger, de couleur rougeâtre, assez riche en humus, pierreux, reposant
sur un sous-sol perméable, un peu incliné,
bien exposé. Quant à l'altitude elle varie pour
le département de Vaucluse depuis la plaine jusqu'à 900 ou 1000 mètres, mais à cette
hauteur on ne recueille plus que des truffes
d'été dont la valeur commerciale est presque
nulle. Enfin l'influence des orages s'explique aisément pour qui connaît les travaux
des abbés Nollet et Bertholon ainsi que les
recherches plus récentes de M. Grandeau
sur le rôle bienfaisant de l'électricité atmos-
phérique sur la végétation.

Les truffes sont nées, elles augmentent de
volume, comment les rechercher, comment
les récolter ? Quatre moyens sont mis en pratique :

1° la marque, encore nommée fente ou
escarto ;

2° la chasse à la mouche, cueillette dite à
la *mousco* ;

3° la sonde ou procédé de la *broco* ;

4° la fouille à l'aide du porc ou du chien.

« Au mois de mai ou de septembre, par-
courez, dit M. H. Bonnet, après une pluie,
les terres propices à la végétation des truffes,
et vous ne tarderez pas à découvrir une fente
légère souvent croisée par une autre fente ;

elle trahit l'objet de vos recherches. Généralement, à moins de six centimètres de profondeur vous rencontrerez le tubercule dont
le rapide accroissement a soulevé la terre et
l'a contrainte à se fendre au-dessus de lui. »

La chasse à la mouche était connue de
Garidel. Voici comment s'exprime le botaniste aixois : « lorsque le jour est serein et
calme et que le soleil reluit sur ces endroits,
on aperçoit une nombreuse quantité de moucherons qui s'élèvent de l'endroit où est ca-
chée la truffe, à la hauteur de deux ou trois
pieds. Si l'on creuse justement au point de
la terre d'où s'élèvent les moucherons on dé-
couvrira la truffe qui est souvent gâtée. »

« La sonde ou *broco*, dit M. H. Bonnet,
peut servir en toute saison. Cet instrument
primitif consiste en un bâtonnet mince et peu
flexible qu'on enfonce doucement dans le sol
des truffières, les champignons l'ayant soulevé au-dessus d'eux en prenant leur accroissement, vous le sentirez meuble et facilement pénétrable aux bons endroits ; ainsi
donc plongez votre sonde ; sentez-vous un
point d'arrêt ? creusez. Vous trouverez... une
pierre, peut-être, mais le plus souvent une
truffe si vous avez soin de comparer la den-
sité du sol à différentes places. Pour procé-
der à ce genre de recherches, il est indispensable que le terre ait conservé une légère
fraîcheur. »

Enfin, recherche de la truffe suivant la
méthode la plus usitée c'est-à-dire au moyen
du porc ou du chien. A cet effet le *rabassiaire*
se procure une laie de bonne race, bien dres-
sée et prête à rendre de bons services ; il la

paie 150, 200, quelquefois même 300 francs, à
moins qu'il ne préfère la dresser lui même,
auquel cas, il achète un animal de cinq ou six
mois dont la valeur vénale est bien moindre.

« Puis un beau matin le ramasseur de
truffes prend sous le bras un bâton solide,
armé d'un fer à pointe mousse, attache son
porcelet par une jambe de derrière et à l'aide
d'une baguette, le conduit sur une truffière. Il
indique une bonne place à sa bête en com-
mençant la fouille avec son bâton ferré ; elle
continue, atteint l'objet de sa convoitise et

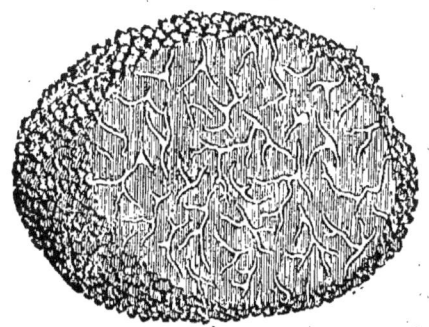

Fig. 29. Coupe transversale d'une Truffe.

s'apprête à le dévorer ; mais elle a compté
sans son maître qui lui passe le fer entre les
mâchoires et qui la force à laisser tomber la
proie dont il s'empare. Deux ou trois glands,
autant de pois-chiches, à défaut même un
morceau de pain indemnisent l'animal de sa
perte, et sur de nouvelles indications, il re-
commence à fouiller le sol.

« Une nouvelle truffe se présente, l'animal
s'en empare, et mieux avisé que la première
fois, il tâche de fuir, la corde le retient, et

le fer, de nouveau, la ravit à sa gourmandise.
La laie comprend bientôt ce qu'on exige
d'elle, voyant récompenser son travail, elle
ne tarde pas à devenir obéissante, à chercher
d'elle-même et à creuser les truffes que son
odorat lui a indiquées. Elle les met à jour et
se détourne pour réclamer le salaire obligé.
Quelques chercheurs sont parvenus à dresser leurs bêtes à déposer le tubercule dans
leur main (M. H. Bonnet). »

Avec le chien le mode d'éducation reste un
peu différent ; toutes les races peuvent être
dressées à cette chasse, à une condition c'est
qu'elles mangent la truffe. Cette raison uni-
que détermine le choix du truffier. « Les
Milanais, suivant M. Tulasne, viennent facilement à bout de dresser les chiens *barboni*
(barbets ou caniches) en les exerçant à trouver en quelque lieu qu'on la cache, une truffe
qu'on leur a fait flairer et qu'on renferme ordinairement dans une petite boîte de bois
sphérique et percée de trous. Il faut éviter
dans le cours de cette éducation de frapper
l'animal et encourager sa docilité en flattant
son palais. Le priver d'aliments et les lui rendre à propos, sont les moyens les plus effi-
caces de rendre son instinct intelligent dans
le sens qu'on désire.

« Les *barboni* milanais, ajoute le même
savant, sont tellement bien dressés, qu'ils
fouillent au profit de leur maître, sans être
suivis de près ; et ils ne manquent pas de
rapporter en hâte ce qu'ils ont trouvé, impa-
tients et sûrs de recevoir la récompense. En
variant celle-ci avec un peu d'art, on par-
vient à leur faire recueillir telle espèce de truffe

ou champignon souterrain, plûtôt que telle
autre et Vittadini nous a dit avoir retiré un
grand profit de cet artifice, quand il se li-
vrait à l'étude des tubéracées. »

Ici encore l'hérédité joue un certain rôle,
tous les *rabassiaires* vous disent qu'il y a
lieu de préférer les animaux descendant de
pères et de mères connus pour bien découvrir la truffe. « Un bon chien truffier, dit
M. H. Bonnet, se vend jusqu'à cent francs et
au-dessus. Le truffleur armé d'une petite
houe, conduit son chien dans les taillis;
quand celui-ci a découvert une truffe, il s'arrête et commence à gratter. Le maître creuse
la terre avec son instrument et pioche *circu-
lairement* toute la truffière pour découvrir les
autres tubercules.»

« Dans le département de Vaucluse, suivant M. H. Bonnet, le chien est presque exclusivement employé par les maraudeurs.
Avec cet animal, rapide d'allure, et n'ayant
rien de suspect, ils déjouent plus aisément
la surveillance des propriétaires et des agents
de l'autorité. »

La récolte hebdomadaire a été bonne, le
sac du *rabassiaire* est suffisamment gonflé,
comment va-t-il échanger le produit de son
travail contre de bonnes monnaies sonnantes
et trébuchantes ? Un matin il gagnera Apt ou
Carpentras, villes où se tiennent toutes les
semaines les deux principaux marchés de
truffes de la plus grande partie de la Provence. Là viennent se rendre tous les ramas-
seurs de Vaucluse et des départements limitrophes.

« Le *rabassiaire*, dit M. H. Bonnet, propose sa récolte à l'acheteur, débat son prix et vide son sac ou sa corbeille sur une espèce de claie confectionnée avec des baguettes de bois retenues dans un cadre et suffisamment distantes entre elles, pour livrer passage aux petites pierres et aux petits tubercules. Le marchand promène les truffes sur cette claie afin de les débarasser le plus possible de la terre qu'elles ont conservée. Au besoin même, il enlève cette terre avec l'ongle, aussi les *rabassiaires* savent-ils que tels ou tels d'entre eux ont *l'ongle mauvais*.

« Pendant cette espèce de criblage les tubercules sont soumis à une inspection minutieuse et presque individuelle de la part de l'acheteur, qui retranche du tas les fausses truffes, celles qui sont avariées par la gelée, l'excès de maturité, la fermentation, la dent du porc qui les a découvertes ou celle des animaux tubérivores, etc.

« Après ce triage, les truffes sont emballées dans des corbeilles garnies de papier intérieurement, expédiées aux maisons qui en ont fait la demande, ou préparées par le procédé d'Appert. »

L'emploi des truffes comme condiment est trop connu pour que je m'arrête à le signaler ; il me suffira d'ajouter que les peuples anciens professaient la même estime à l'égard de ces cryptogames et que les Athéniens allèrent jusqu'à accorder le droit de bourgeoisie aux enfants de Chérips, parce que leur père avait inventé une nouvelle sorte de ragoût aux truffes.

Rabasso a grano grosso. Désigne dans les environs d'Apt, la Truffe estivale (*Tuber œstivum*, Micheli) dont les verrues sont ordinairement très grosses. Voir *Rabasso d'estieu*.

RABASSO A GRANO PICHOUNO. Sert à indiquer la Truffe mésentérique (*Tuber mesentericum*, Vittadini), espèce à verrues généralement plus petites que chez la Truffe estivale. Voir *Rabasso d'estiéu*.

RABASSO AVOUSTENCO (*avoustenco*, qui vient en août). Vocable qui sert à désigner les Truffes d'été. Voir *Rabasso d'estiéu*.

RABASSO BLANCAN OU RABASSO BLANCAS. M. Requien dit que dans les environs d'Apt et de St-Saturnin d'Apt, on désigne sous ces noms la Balsamie vulgaire (*Balsamia vulgaris*, Vittadini). Voir *Blancan*.

RABASSO BLANCO. Tel est le nom que porte dans les environs de Cavaillon une espèce de champignon hypogé, de forme ronde, de couleur blanche, exhalant un léger parfum de truffe et qu'on trouve à une profondeur de vingt centimètres dans les terres sèches, depuis le mois de décembre jusqu'en mars. Est à voir et à déterminer.

RABASSO BOURRET. Aux environs d'Orange et de Malaucène, la Balsamie vulgaire serait ainsi dénommée, si nous en croyons M. Requien. Voir *Blancan*.

RABASSO DE LENGADO. Serait d'après M. H. Bonnet, le nom que porterait dans les environs d'Apt, la Balsamie vulgaire (*Balsamia vulgaris*, Vittadini). Voir *Blancan*.

RABASSO D'ESTIÉU, (truffe d'été). Deux espèces de truffes sont ainsi désignées :

1. La Truffe estivale (*Tuber œstivum*, Mich.)

2. La Truffe mésentérique (*Tuber mesentericum*, Vittadini).

Nos ruraux sont portés à les considérer comme des truffes d'hiver qui ne seraient pas encore mûres. C'est là une erreur car ces groupes sont scientifiquement distincts.

Toutefois il n'est pas inutile de faire remarquer que le *Tuber æstivum* n'est souvent bien mûr qu'en novembre et décembre ; il est alors d'un brun de suie au lieu d'être gris blanchâtre à l'intérieur, mais cette coloration brune, qui rapproche cette espèce des truffes d'hiver, ne fait pas qu'on doive la confondre avec ces dernières, car trop de différences les séparent. Voir *Rabasso*.

RABASSO D'IVER. Vocable sous lequel on connaît dans les environs d'Apt :

1° La Truffe hivernale (*Tuber brumale*, Vittadini) ;

2° La Truffe mélanosperme (*Tuber mélanospermum*, Vittadini).

Ces deux espèces de Truffes ont une grande importance au point de vue bromatologique et commercial. Voir *Rabasso*.

RABASSO DOU VENTOUR. Nom vulgaire que l'on trouve dans le *Tresor dou Felibrige* de M. F. Mistral et dont je ne puis donner le nom scientifique n'ayant jamais vu l'espèce ainsi appelée. J'en dirai autant de la *Rabasso frisado* et de la *Rabasso sauvajo* du même travail.

RABASSO FRISADO. Voir *Rabasso dou Ventour*.

RABASSO IVERNENCO. Voir *Rabasso d'iver*.

RABASSO MAIENCO. Un des noms donnés à Apt, aux Truffes d'été. Voir *Rabasso d'estiéu*.

RABASSO MUSCADO. Est un des noms que l'on donne à la Truffe musquée (*Tuber moschatum*, H. Bonnet) et que justifie l'odeur agréable mais un peu forte, rappelant celle du musc, que présente cette espèce. Voir *Caiet*.

RABASSO NEGRO. Appellation commune aux Truffes d'hiver, à cause de leur chair bien plus colorée que dans les espèces connues sous le nom de Truffes d'été. Voir *Rabasso*.

RABASSO ROUGE. Est le nom donné à une variété de la Truffe hivernale (*Tuber brumale*, Vittadini) qui a le péridium coloré en rouge. Voir *Rabasso d'iver*.

Au hameau des Martins, près Gordes, on désigne aussi sous le nom de *Rabasso rouge*, *Truffo rouge*, la Balsamie vulgaire (*Balsamia vulgaris*, Vittadini). Voir *Blancan*.

RABASSO SOUVAJO. Voir *Rabasso dou Ventour*.

RATINO. Nom donné à Pertuis, à un champignon que je n'ai pas vu, mais qui très probablement est l'Hydne sinué (*Hydnum repandum*, Linné). Voir *Auriheto spinouso*.

RHUBARBO. Est à Cavaillon le nom de la Clavaire dorée, qu'on nomme *Ferigouleto* à Vaison et à Orange.

ROSÉ, (qui est de couleur rose). Tel est le nom que porte à Sérignan le Tricholome russule (*Tricholoma russula*, Fries), espèce co-

mestible à chair blanche, ferme, tendre et
cassante ; mâchée crûe elle a un goût douceâtre ; son odeur assez forte est agréable.
Cet agaric croît en automne, dans les friches
et les bois montueux.

On confond souvent dans la même commune, avec l'espèce précédente, la Russule
intègre (*Russula integra*, Fries), également
comestible, fort estimée. Elle a la chair blanche, sans odeur et offrant une saveur fade
et douceâtre. D'une façon générale les Russules sont bien connues des mycophages ;
car ceux-ci ont observé que ces agarics vivent volontiers en compagnie du Lactaire
délicieux, aussi quand ils les aperçoivent,
ils sont contents, *li Pignen* n'étant pas loin,
disent-ils.

Rouge. Désigne à Gigondas, le Lactaire
à suc rouge (*Lactarius sanguifluus*, Paulet),
agaric fort apprécié pour la table dans toute
la région du Midi où on le confond avec le
Lactaire délicieux (*lou Pignen* des Marseillais)
dont il diffère par sa couleur rouge, son pied
plein, son chapeau sans zônes, incarnat orangé, puis taché de vert, sa chair blanche,
pointillée de rouge vers l'extérieur, puis ver-
doyante, âcre et à odeur de fruits, son lait
rouge sanguin, teignant les doigts, quand on
le coupe.

Cette espèce vient, en automne, dans les
bois de conifères du littoral méditerranéen.
Elle est estimée autant que notre *Pignen*, dont
elle n'est, peut-être, qu'une variété. On la
vend 1 fr. le kilog. sur le marché de Vaison
où on l'apporte des communes voisines.

ROUGETO. Dans certaines localités, à la
Roche d'Espeil et à Croagnes notamment, le
péridium de la Truffe hivernale (*Tuber brumale*, Vittadini) est coloré en rouge assez intense pour lui valoir ce nom vulgaire. Voir
Rabasso d'iver.

ROUI, ROUVI (rouille). On désigne sous
ces vocables une maladie des céréales produite par un champignon parasite appartenant à la famille des Urédinées qui se développe sur toutes les parties vertes des végétaux, mais plus particulièrement à la face
inférieure des feuilles des graminées, bien
qu'on le voit aussi sur les gaines des feuilles et
parfois sur la tige de ces plantes ; plus rarement il envahit les glumes et les graines : ce
qui explique pourquoi la *Rouille*, bien qu'elle
soit plus fréquente que le *Charbon*, est moins
redoutée des agriculteurs que cette dernière
maladie, car dans celle-ci les organes de la
reproduction sont détruits.

La Rouille s'accuse à nos yeux par de petites taches jaunes ou brunes situées sous
l'épiderme des plantes et qui jurent avec la
coloration verte de ces végétaux. De ces taches sortiront des particules très tenues, les
spores, sous forme de poussière de couleur
rouille, ce qui justifie le nom vulgaire donné
à cette maladie.

Cette famille des Urédinées est remarquable par un polymorphisme très accentué sur
lequel il est bon de s'arrêter un moment.
Parmi les champignons épiphytes, les uns
traversent toutes les phases de leur existence
sans changer d'hôtes et restent constamment
attachés à la même plante, tandis que d'au-

tres après avoir pris l'une de leurs formes
et développé certains de leurs moyens de
reproduction sur une espèce, ne peuvent re-
vêtir les autres aspects, ni produire leurs
autres corps reproducteurs, s'ils ne passent
sur une espèce différente de la première.

Or, depuis fort longtemps, nos ruraux
avaient observé que l'Epine-vinette (*Berberis
vulgaris*, Linné), appelée vulgairement *Agri-
outat, Eigret, Vinetié*, placée dans le voisi-
nage du blé, du seigle ou de l'orge, nuisait à
la végétation de ces céréales et que celles-ci
avaient une grande tendance à se rouiller.
De plus on nota que, dans la direction du vent
dominant, les spécimens atteints par la maladie étaient plus nombreux. D'autre part on
avait vu les feuilles de l'Epine-vinette cou-
vertes au printemps par des productions
cryptogamiques que l'étude montra être des
champignons. Ceux-ci prirent le nom d'*Æcidium berberidis*. On recueillit des spores de
ce parasite, on les plaça sur des pieds bien
portants de seigle : au bout de 5 à 6 jours ces
pieds furent infestés de rouille, tandis que le
restant de la récolte demeurait sain.

Le doute n'était plus permis : l'*Æcidium
berberidis* en passant sur le seigle modifiait
ses formes, prenait des organes reproducteurs
un peu différents et devenait l'*Uredo rubigo-
fera* auquel on attribuait la maladie de la
rouille orangée qui se montre tout l'été. Puis
en automne, on vit apparaître sur ces mêmes
feuilles de seigle des spores différentes et par
leur forme et par leur coloration, c'était la
rouille noire produite par le *Puccinia graminis*.
Or, ces spores passaient l'hiver sur le chau-

me de la graminée et ne germèrent qu'au
printemps en donnant naissance à des sporidies qui portées sur les feuilles de l'Epine-
vinette donnèrent un mycélium duquel émana
de nouveau l'*Æcidium berberidis*.

Les végétaux affectés par la rouille, souf-
frent dans leur développement, pâlissent,
jaunissent, et si les glumes sont atteintes,
les fleurs sont frappées de stérilité. La récolte
en grains sera moins abondante et la paille
ayant perdu de ses qualités nutritives pourra
tout au plus servir de litière. Ce n'est pas,
comme on le croyait, que l'usage de la paille
rouillée soit nuisible aux animaux, car
M. Magne a pu nourrir un lot de six moutons pendant plus de six mois, sans que ces
ovidés aient montré des désordres dans leurs
fonctions, seulement elle est trop peu alibile
pour être utilisée dans l'alimentation du bé-
tail.

ROUNDELET. Par ce nom vulgaire on désigne à Bollène plusieurs champignons comestibles venant sous les cyprès, les pêchers,
les buissons, etc. Ne les ayant jamais reçus,
je ne puis indiquer leurs noms, ni dire si
leurs propriétés alimentaires sont bien établies.

ROUNDELET A BOUQUET. On donne ce nom
à Bollène à différents champignons comestibles qui croissent sur les vieilles souches
de mûriers, de saules, de peupliers, de chênes verts, de figuiers, de genêts, etc. Je ne
les ai pas vus, je ne puis donc me prononcer
sur ces prétendues espèces, mais d'après
leur habitat et le qualificatif *à bouquet* je se-

rais porté à ne voir en eux que des formes
de l'Armillaire couleur de miel (*Armillaria
mellea,* Fries), qui vit sur des essences fort
diverses et croît volontiers par nombreux
groupes.

Rous-de-pin. Désigne l'Hébélome piquant
(*Hebeloma sinapizans,* Fries) espèce qui se
vend, paraît-il, sur les marchés de Cavaillon
jusqu'à 0,50 le kilogramme, pourtant mon
savant maître en mycologie, M. Gillet, la
donne comme suspecte. Donc propriétés alimentaires à bien déterminer.

Rousset d'iou (jaune d'œuf). Est à Sérignan, l'Amanite Oronge, espèce fort estimée
dans cette partie du département et avec
raison ; car c'est une des meilleures que
nous connaissions. Son nom vulgaire lui
vient de sa couleur jaune-orangé. Voir *Boulet rouge.*

S

Segue cournu (seigle ergoté). On donne
le nom d'ergot à une maladie qu'offrent les
Graminées et les Cypéracées, mais qui pendant les années pluvieuses est surtout très
commune chez le seigle. Elle est due au développement d'un champignon du genre *Claviceps* dans les tissus de l'ovaire.

Avant la fécondation et dans les premiers

temps qui suivent l'apparition de l'ovaire, il se
montre, dans l'intérieur de la glume et à la partie supérieure de l'ovaire resté à l'état rudi–

Fig. 30. Seigle ergoté

mentaire, une matière liquide, visqueuse, la
Sphacélie des céréales (*Sphacelia segetum*,
Lev.) ou *Spermogonie* de Tulasne, qui colle
ensemble les organes de la végétation et
s'oppose à la fécondation. De cette matière
gluante va naître un corps mou, visqueux,
d'un blanc jaunâtre qui s'élève, grandit, en
entraînant l'épiderme velu de l'ovaire et en
refoulant tellement au-dessous de lui cet or-
gane, qu'on n'en constate bientôt plus l'existence que par la présence d'un point noir. Ce
corps est l'ergot.

Cet ergot représente un mycélium tubercu-
leux ; en effet, en le plaçant superficiellement
dans une terre humide, à une température
douce et à l'abri de la lumière, il donne naissance à un certain nombre de Sphéries (*Spha-
ria purpurea*, Fries ; *Claviceps purpurea*,
Tul.), faciles à reconnaître par leur pied et
leur chapeau globuleux contenant des spores. Ces spores, en germant sur une fleur
non fécondée de seigle, reproduisent la Sphacélie, d'où sortira l'ergot ; lequel à son tour,
placé dans des conditions favorables, engen-
drera la Sphérie ou champignon parfait, ca-
pable de fructifier et de se reproduire.

Les propriétés du Seigle ergoté sont assez
bien connues. Quand on mêle cette substance
aux aliments des animaux ou qu'on intro-
duit ses principes actifs dans le torrent circulatoire, on ne tarde pas à observer des
troubles considérables dont les principaux
sont : mouvements convulsifs, perturbations
des fonctions nutritives, gangrène des extrémités, des oreilles, de la crête, chûte des
poils et de la corne, etc., enfin la mort vient

dans la généralité des cas clore ces accidents.

Sur l'homme les effets sont à peu près identiques. A faible dose (2 à 4 gram.) le seigle ergoté produit les symptômes suivants : nausées, envies de vomir, pesanteur de tête, sentiment de constriction à la région temporale, grande tendance à l'assoupissement, vertiges, troubles légers de la vue, dilatation de la pupille, secousses violentes dans les jambes, etc... Mêlée aux farines elle produit la maladie connue sous le nom d'ergotisme ou feu sacré qui a causé tant d'épidémies relatées par les historiens « où les membres devenus noirs comme du charbon se détachaient du corps ». Mézeray dans son *Abrégé chronologique* donne une longue liste des provinces ravagées par ce fléau dont on ignorait la cause. « Le feu sacré, dit cet historien, sévit en Aquitaine à l'état épidémique en 994, et enleva 40,000 personnes ; la gravité du mal fut telle qu'on estimait bien heureux ceux qui pouvaient guérir en ne perdant qu'un bras ou une jambe. »

La thérapeutique tire un grand parti de l'ergot de seigle dans les paralysies ou les inerties des organes contenant des fibres musculaires lisses, dans diverses hémorrhagies et autres affections qu'il est inutile d'énumérer ici.

SENTOUN. Vocable sous lequel on connaît dans certaines localités voisines d'Apt, la Truffe rousse (*Tuber rufum*, Vittadini). Voir *Mourre de chin*.

T

Tabourét. Autre nom que porte la Truffe rousse dans les environs d'Apt. Voir *Mourre de Chin*.

Tugo-chin (qui tue les chiens). Dans un envoi de champignons que m'avait adressé M. Andrieux, pharmacien distingué de Cavaillon, auquel je suis redevable de tant de notes fort intéressantes sur l'histoire naturelle de cette région, j'ai trouvé sous le vocable de *tugo-chin* un agaric en assez mauvais état, miné par les vers et dont les lamelles étaient peu et même pas formées. Je l'ai rapporté avec doute au Tricholome ruiné (*Tricholoma pessundatum*, Fries). On le dit très-amer. Je ne sais si son nom vulgaire est justifié, Encore une espèce à étudier.

V

Vessino-de-loup. Est à Cavaillon le Rhizopogon rougeâtre (*Rhizopogon rubescens*, Tulasne) sorte d'hyménogastrée d'un jaune sale, ayant la forme d'une truffe et fixée dans le sol des bois de pins par de petites fibres radicantes, coriaces, qui l'entourent plus ou moins. Est comestible étant jeune ; on le mange souvent à Allauch sous le nom de *Baroufo* et à Lambesc sous celui de *Fege*.

VESSINO ESTELLADO. Est le nom qu'on donne dans certaines communes du département
au Géastre hygrométrique (*Geaster hygrome-
tricus*, Fries), à cause de son enveloppe ex-
terne, coriace, hygrométrique, se rompant
du sommet à la base en 7 lobes et quelquefois
davantage, qui donnent au végétal un aspect étoilé d'où son nom vulgaire *estella*,
estellado, en forme d'étoile. Ces lobes se di-
latent et se rabattent quand le temps est sec,
se rétrécissent et se relèvent quand le temps
est humide ce qui suffit à justifier son nom
spécifique « hygrométrique » et son emploi
comme baromètre improvisé.

Fig. 31. Géastre hygrométrique.

On trouve ce champignon presque toute
l'année sur les feuilles de pin tombées, mais
il est surtout commun en automne. Je ne
sache pas qu'on le fasse servir à aucun
usage et il constitue pour nos ruraux un simple objet de curiosité. A Nice il est connu

sous le nom de *Flou de li masco* (fleur des
sorcières) et à Allauch sous celui de *Tubet*.

Viro-souléu. Désigne à Cavaillon un
champignon rose croissant dans les forêts
sèches, en septembre et octobre, et toujours
sur le versant du midi, d'où son nom vulgaire. Encore une espèce que je ne connais
pas et il y en reste beaucoup pour le département de Vaucluse à voir et à déterminer.

Me voici arrivé au terme de mon travail
qui est, bien malgré moi, fort incomplet
puisqu'il comprend à peine cent cinquante
dénominations provençales. Il y a certainement encore beaucoup d'espèces à rechercher et une foule de noms vulgaires à recueillir, mais les uns et les autres exigeraient
un temps et des excursions que je ne puis
songer à y consacrer actuellement.

J'ai tracé le plan et indiqué la voie ; d'autres plus heureux viendront agrandir ce que
je n'ai fait qu'esquisser et creuser le sillon à
peine marqué. C'est là du reste mon seul but
en publiant ces humbles notes : provoquer
de nouvelles recherches. Et je suis persuadé
que ce but sera atteint, car avec le grand
développement qu'a pris de nos jours l'ins-
truction primaire il est certain que beaucoup
d'enfants, devenus hommes, rechercheront
dans l'étude de la belle nature une compen-
sation au souci inhérent à un labeur quoti-
dien.

Je ne prendrai pas congé de mon lecteur
sans remercier mes gracieux correspondants

des notes intéressantes qu'ils m'ont adressées ; si mon étude vaut quelque chose c'est à eux qu'elle le doit et il n'est pas un de ces correspondants qui n'eut le droit de revendiquer au moins un passage de mon travail. C'est donc avec gratitude que ma plume inscrit les noms de :

MM. Ferry de la Bellone, docteur à Apt ; Fabre, docteur à Sérignan ; Bassier, docteur à Pertuis ; Bonnet H. mycologue, à Apt ; Reverchon, botaniste, à Bollène ; Andrieux, pharmacien, à Cavaillon ; Bertrand Fernand, botaniste, à Cavaillon ; Mathieu, contrôleur des tabacs à Orange ; Fabre, pharmacien à Pertuis ; Barjol secrétaire de la mairie de Malaucène ; Eyssartel, brigadier forestier à Malaucène.

Je dois une mention toute spéciale à MM. les instituteurs primaires de Vaucluse, pour la bienveillance avec laquelle ils m'ont communiqué des listes de champignons observés dans les communes qu'ils habitent. Je regrette vivement de ne pouvoir les nommer tous ; malheureusement beaucoup d'entre eux, par une modestie poussée à l'excès, ne signaient pas leurs notes remarquables pourtant à plus d'un titre et se contentaient d'énoncer le pays où la dé..omination avait cours. Qu'ils reçoivent ces correspondants anonymes l'expression de ma vive reconnaissance pour le secours qu'ils sont venus apporter à l'œuvre commune et surtout qu'ils soient bien persuadés que je ne manquerai pas de mettre bientôt à nouveau leur science à contribution. Parmi ceux que je puis citer se trouvent :

MM. Feuillet, de Bédarrides ; Brunel, de
Sault ; Cartoux, de Malaucène ; Cornu Emile,
de Valréas ; Bernard, de Vaison.

Je dois aussi des remercîments à MM.
Planchon, De Seynes, Quélet, Gillet, Forquignon, Figuier, Richon, de Ferry de la Bellonne, Romeguère, etc. dont les travaux
m'ont été d'un grand secours pour la rédac-
tion de ces notes et mon lecteur pourra voir
que certains passages leur sont même empruntés textuellement.

Enfin je ne saurais trop remercier MM. les
administrateurs du *Radical de Vaucluse*,
ainsi que M. Cartoux, directeur de cette feuille,
pour le désintéressément qu'ils ont montré.
Grâce à eux ce tirage à part a été effectué,
et il est destiné à être gratuitement distribué
aux écoles primaires de la Provence afin
d'aider, dans une certaine mesure, à la diffu-
sion des connaissances humaines.

*Prière d'adresser les communications à
M. le docteur Réguis, à Allauch (Bouches-du-
Rhône).*

TABLE

F I N

AVIGNON. — IMPRIMERIE H. GUIGOU.

www.ingramcontent.com/pod-product-compliance
Lightning Source LLC
Chambersburg PA
CBHW070800280626
47162CB00016B/1560